夏洛特

CHARLOTTE

[法] 大卫·冯金诺斯 —— 著 吕如羽 —— 译 上海译文出版社

那活着却无力应付生活的人，需要用一只手，

对命中的绝望稍加抵抗。

卡夫卡

《日记》，一九二一年十月十九日

本小说创作灵感来自夏洛特·萨洛蒙的一生。

这位德国女画家在二十六岁时遇害，蒙难时有孕在身。

其中素材主要源自其自传作品《人生？如戏?》。

慢慢习惯他人的疯狂。
人们就是这样成为艺术家的吗？

第一部分

1

夏洛特在一座墓碑上学会了认自己的名字。

所以她不是第一个夏洛特。

首先叫这个名字的是她的姨母,她母亲的妹妹。

两姐妹亲密无间,直到一九一三年十一月的一个夜晚。

弗朗西丝卡和夏洛特一起唱歌跳舞,一起欢笑。

她们的行为从不放肆。

她们的嬉戏总知分寸。

这或许和她们父亲的性格有关。

那是位严厉的知识分子,爱好艺术和古董。

古罗马的一丝灰烬他也视若珍宝。

她们的母亲则温柔一些。

但她的温柔流露着悲伤。

她的生活是一连串的悲剧。

这我们最好迟些再谈。

此刻还是先说说夏洛特。

第一个夏洛特。

她长得好看,有着一头倾泻而下的乌发。

一切在缓慢中开始。

渐渐地,她放慢了一举一动,

无论是吃饭、走路,还是阅读。

她身上的指针被拨慢了。

一定是忧伤侵袭了她的身体。

一种毁灭性的忧伤,一旦染上就再不能痊愈。

快乐成了过去的一座孤岛,可望却再不可及。

没有人注意到夏洛特身上出现的缓慢。

太隐秘的缓慢。

人们比较两姐妹时说,

一个比另一个更爱笑,仅此而已。

最多也只是会注意到,其中一个时常耽于幻想。

事实上,她被黑暗的夜吞噬着。

直到最后的那个夜将一切终结。

那是个十一月冰冷的夜。

当大家都睡下,夏洛特起了床。

她收拾了几件衣服,就像要去旅行。

整个城市仿佛静止了,凝固在这个早早到来的冬天。

年轻的女孩,刚满十八岁。

她快步走向目的地。

一座桥。

一座她喜爱的桥。

那个藏在黑暗中的地方。

她早已知道,这就是最后的那座桥。

黑夜里,她独自一人,跃入水中,

一刻都没有犹豫。

河水冷得刺骨,她的死亡犹如酷刑。

清晨,人们在河岸上发现了尸体。

浑身青紫。

消息惊醒了她的父母和姐姐。

父亲僵在原地,久久沉默。

姐姐泪流满面。

母亲则放声恸哭,撕心裂肺。

第二天,报纸提到了这个年轻的女孩。

提到她毫无缘由的自杀。

或许这才是最大的丑闻。

这场残酷因此更显残酷。

到底是为什么?

姐姐将她的自杀看作对姐妹情谊的侮辱。

更多的时候,她感到自己负有责任。

对于妹妹身上出现的缓慢,

自己竟什么也没看到,什么也不明白。

而如今,那缓慢却给她心中的罪恶感上紧了发条。

2

父母和姐姐没有参加葬礼。

他们心如死灰,闭门谢客。

自然,他们感到有些羞耻。

总是要避开他人的眼光。

离群索居的日子过了几个月。

这是段缄默的时光。

一说话,就怕提到夏洛特。

每字每句的背后都有她的影子。

生者唯有沉默,才能继续前行。

直到某一天,弗朗西丝卡按下琴键。

她弹着曲,轻声唱着歌。

父母走到她的身旁。

与这悠扬的生命之声不期而遇。

战争爆发在这个国家,这或许反倒更好。

混乱本就该是痛苦的背景色。

冲突首次在世界范围内展开。

萨拉热窝事件后,过去的帝国纷纷坍塌。

千千万万的人奔赴死亡。

未来晦涩不明,飘摇不定。

弗朗西丝卡决定当护士。

她想要救死扶伤。

自然也想要感觉自己还是有用的。

因为每天她都感到自己曾是那样无用。

母亲被她的决定吓坏了。

家中关系紧张,争吵不断。

一场战争中的战争。

无济于事,弗朗西丝卡还是奔向战场。

她去到了危险地带。

有些人说她勇敢。

而她只不过是不再畏惧死亡。

在战火之中,她遇到了阿尔伯特·萨洛蒙。

一位年轻的外科医生。

他身材高大,做事专注。

是那种就算明明一动不动,也像是在匆忙中的男人。

他主持着一家战地医院。

在法国的前线。

他的父母都已去世,医学就像是他的家人。

他的脑海里只有工作,什么也不能让他分心。

他似乎并不关注女人。

几乎没有留意到新来了一位护士。

而她却一直对他微笑。

幸好,一个意外改变了故事的走向。

在手术中,阿尔伯特打了个喷嚏。

他需要揩鼻涕。

可他的双手正在检查一位战士的肚肠。

弗朗西丝卡递上一块手帕。

就在这一刻,他终于看到了她。

一年之后，阿尔伯特下定决心，

这位外科医生终于鼓足勇气。

他去拜访弗朗西丝卡的父母。

他们是那样冷漠，让他无所适从。

他为什么要来？

为了……为了请求他们把女儿……嫁给他。

请求什么？父亲低声埋怨。

他不想这个瘦竹竿当自己的女婿。

他当然配不上格朗沃德家的人。

但弗朗西丝卡坚持要嫁。

她说她深爱着他。

这一点很难确定。

但她不是个任性的人。

在夏洛特死后，生活只是循规蹈矩。

她的父母终于让步。

他们强作欢颜。

勉强微笑。

他们甚至买了花。

他们的客厅太久没有色彩。

花瓣仿佛让生活复苏。

可到了婚礼,他们又换上了属于葬礼的表情。

3

从新婚的头几天起,弗朗西丝卡就一个人守着家。

人们为什么会把婚姻叫作"二人世界"呢?

阿尔伯特又出发去了前线。

人们深陷战争的泥沼,看不到尽头。

那些战壕就像屠宰场。

只要她的丈夫不死就好。

她不想成为寡妇。

她已经是个……

哎,失去妹妹的人应该叫作什么?

没这个词,什么也不叫。

字典有时也谨言慎行。

好像连它也会被痛苦吓怕。

年轻的妻子在大公寓里游荡。

公寓在一座豪华大楼的二层，位于夏洛特堡①。

夏洛特的街区。

房子在萨维尼广场边上的维兰德大街十五号。

我常在这条街上散步。

知道夏洛特之前，我就已经爱上了她的街区。

在二〇〇四年，我想要给一部小说起名叫"萨维尼广场"。

这个名字以奇特的方式在我脑海里回响。

某种难以名状的东西吸引着我。

一条长长的走廊经过他们的公寓。

弗朗西丝卡常常坐在那儿读书。

感觉仿佛身处自己家的边境。

今天，她很快就合上了书本。

她感到有些晕眩，走去浴室。

她往脸上扑了点水。

---

① Charlottenburg，又译作夏洛腾堡，德国柏林街区名，与夏洛特（Charlotte）读音相近，此处为作者的文字游戏。

不出几秒钟,她就明白了。

阿尔伯特在照料伤患时收到了一封信。

他苍白的脸色让一旁的护士紧张起来。

我妻子怀孕了,他终于叹了口气。

接下来几个月,他尽可能地多回柏林。

但大部分时间,弗朗西丝卡都独自一人。

她沿着走廊散步,已经开始和自己的孩子说话。

她是那样急切地想要结束孤单的日子。

一九一七年四月十六日,一个女英雄诞生了。

同时也是个哭个不停的婴儿。

就像对自己的出生拒不接受。

弗朗西丝卡想要给她取名夏洛特,

为了纪念自己的妹妹。

阿尔伯特不想她有个逝者的名字。

更何况是个自杀的逝者。

弗朗西丝卡十分生气,歇斯底里,哭个不停。

这样能让她重生,她想。

行行好,理性点,阿尔伯特不断重复。

无济于事,他知道她从不是理性的人。

但他也正是因为这一点爱上了她,因为这温柔的疯狂。

因为她永远在变。

时而随和顺从,时而狂热激昂。

他感到这场争执毫无用处。

何况,已是战时,谁还想要大动干戈?

因此,有了夏洛特。

4

夏洛特脑海中最初的记忆是什么?

是关于气味,还是色彩?

多半应该是那些音符吧。

那些她母亲唱过的歌谣。

弗朗西丝卡弹琴唱歌,犹如天籁。

小小的夏洛特伴着歌声入眠。

等到再大些,她会在旁翻琴谱。

最初的月月年年就这般在音乐中度过。

弗朗西丝卡喜欢和女儿一起散步。

她们会一直走到柏林的绿色心脏,蒂尔加滕①。

在仍散发着溃败气息的城市里,这是一处安宁之所。

小夏洛特注视着伤患们残缺的身体。

眼前一只只伸来的手让她惊慌不已。

一支乞丐之军。

她低下了头,不去看那些衰老的面容。

只有在森林里她才抬起头。

在那里她可以追赶小松鼠。

接着得到墓地去。

为了永远都不忘记。

夏洛特很早就懂得,逝者也是生活的一部分。

她触到母亲脸上的泪水。

---

① Tiergarten,柏林市内第二大市立公园。

母亲像妹妹离去的那天一样哭泣。

有些痛苦永远都不会过去。

夏洛特在墓碑上读到自己的名字。

她想知道发生过什么。

你的姨母溺水死了。

她不会游泳吗？

那是个意外。

弗朗西丝卡很快转开了话题。

这是对真相的第一次改写。

如戏人生的帷幕从此升起。

阿尔伯特不同意他们去墓地。

为什么老是要带夏洛特去？

这是种病态的念想。

他要她别去得太勤，别带上夏洛特。

可他怎么知道她是否照做了呢？

他从来都不在家。

他一心只想着工作，岳父母这样说。

阿尔伯特想要成为德国最高明的医生。

他不是在医院,就是在学习。

要对工作狂男人心怀警惕。

他在逃避什么?

是因为害怕,还是已有了隐约的预感?

妻子的行为举止越来越变化无常。

他时常发现她心不在焉。

像是灵魂飞出了身体。

他告诉自己,她只是钟爱幻想。

我们总是爱为别人的古怪行为找借口。

终于,真的需要开始担心了。

一整天接一整天,她躺在床上一动不动。

甚至不去学校接夏洛特。

接着,她突然又找回了自己。

上一秒还在昏睡,下一秒却已清醒。

没有一点过渡,她已带着夏洛特四处走。

在城市里、花园里、动物园里、博物馆里四处走。

要散步,要读书,要弹琴,要歌唱,什么都要学。

在这样的日子里,她喜欢组织宴会。

她想要热热闹闹、呼朋唤友。

阿尔伯特喜欢这些聚会。

他终于可以得到解脱。

弗朗西丝卡弹起钢琴。

她嘴唇张合的样子那样美丽。

就像在同音符交谈。

对夏洛特来说,母亲的声音就是抚慰。

有个唱歌这样好听的母亲,一切都能安然无事。

夏洛特站在客厅中央,宛然一个洋娃娃。

她迎接着宾客,绽放着最美的笑容。

那是她和母亲练习许久的笑容,笑到连下巴都麻木。

这一切有什么逻辑?

接连几个星期,母亲闭门不出。

然后突然着了魔般地热衷社交。

夏洛特饶有兴致地观察着这些变化。

对她来说,再无厘头的热闹也比一潭死水要好。

熙熙攘攘总比空洞一片好。

如今,那一片空洞又回来了。

来得那么快,就像走时那么快。

弗朗西丝卡重新躺在床上,无缘无故就筋疲力尽。

眼睛盯着房间的深处,心却不知飘向何方。

夏洛特顺从地面对着母亲的变化无常。

她学着亲近母亲的忧伤。

慢慢习惯他人的疯狂。

人们就是这样成为艺术家的吗?

5

夏洛特八岁时,母亲的状况恶化了。

抑郁的状态变得无休无止。

她对什么都提不起兴趣,觉得自己一无是处。

阿尔伯特恳求着他的妻子。

然而黑暗已在他们的床上驻扎。

我需要你,他说。

夏洛特需要你,他又说。

她却入眠,夜深了。

但她又起了床。

阿尔伯特睁开眼,看着她的一举一动。

弗朗西丝卡靠近了窗户。

我想看看天空,她让丈夫放心。

她时常告诉夏洛特,天堂里的一切都更为美丽。

还会加一句:当我去了那里,我会给你写信。

关于彼岸的念头久久在她脑海萦绕。

你不想妈妈成为天使吗?

那该有多奇妙,不是吗?

夏洛特一言不发。

天使。

弗朗西丝卡认识一位天使:她的妹妹。

她有勇气结束一切，

有勇气毫无预兆地、静悄悄地离开人世。

残忍行为里的完美主义。

十八岁的年轻女孩之死。

希望之死。

弗朗西丝卡想，可怖的事情也分等级。

一个母亲的自杀应该比普通的自杀更胜一筹。

在这个家庭的悲剧里，她将排在最前面。

到那时候，还有什么比得上她带来的万劫不复？

一个晚上，她悄悄地起床。

屏住呼吸。

这一次，阿尔伯特终于没有听见。

她径直走到浴室。

抓起一瓶吗啡片，全部吞了下去。

她垂死的喘息终于惊醒了丈夫。

他冲了过去，门锁得严实。

弗朗西丝卡没有开门。

她的喉咙像在灼烧,痛苦无法忍受。

然而,她并没有死。

丈夫的惊慌摧毁了她本该完美的告别式。

夏洛特听到了吗?

她被吵醒了吗?

阿尔伯特终于打开了门。

他将妻子救回人世。

剂量不足致死。

但现在他已明白。

死亡不再只是幻影。

6

夏洛特醒来要找母亲。

妈妈昨天晚上病了。

不要打扰她。

小女孩头一次没有见到母亲就去了学校。

没有见到她,也没有亲吻她。

弗朗西丝卡在父母家会更安全些。

阿尔伯特是这样想的。

要是她一个人待着，就会自杀。

没办法和她讲道理。

弗朗西丝卡回到了少女时代住过的房间。

在这里，她和妹妹度过了快乐的时光。

有父母在旁，她重新获得了些许力量。

母亲努力掩饰她的焦虑不安。

但这怎么可能呢？

一个女儿自杀了，另一个女儿又尝试自杀。

家中再也不会有安宁。

她寻求各方帮助。

他们找了个当神经科医生的朋友。

他安慰说，这只是暂时性的轻微发作。

她只是感情过剩了些，神经敏感了些，仅此而已。

夏洛特很是不安。

妈妈在哪里？

她生病了。

她得了流感。

很容易传染。

所以最好暂时不要去看她。

妈妈很快就会回来，阿尔伯特答应她。

语气却连自己都不能说服。

他对妻子感到愤怒。

尤其当他面对夏洛特的慌乱和不安。

但他还是每个晚上都去看她。

岳父母总是冷冰冰地迎接他。

他们认为责任在他。

他从来不在家，从来都在工作。

女儿想要自杀，一定是因为太过绝望。

因为太过孤独。

总得有个人可以怪罪。

难道另一个女儿的死也是我的错吗？他不禁想要呐喊。

可阿尔伯特保持了沉默。

他无视岳父母的冷漠，走到床边坐下。

终于能和妻子独处，他提起了过去种种。

他们总是如此，在追忆中结束见面。

似乎一切都会好起来。

弗朗西丝卡握住丈夫的手，露出一个微笑。

这样的时刻让人心安，甚至流淌着脉脉情意。

黑暗念头的笼罩下也有星点的生命之光。

家人找了位护士来照顾病人。

这是官方说法。

事实自然是为了监护她。

一天又一天在陌生人的目光下度过。

弗朗西丝卡从来不问女儿的消息。

夏洛特不复存在。

当阿尔伯特带来一幅女儿的画，她却转开了视线。

7

格朗沃德一家正坐在饭厅晚餐。

护士穿过房间,在他们身边坐了片刻。

突然,母亲被眼前的景象吓得目瞪口呆。

独自待在房间的弗朗西丝卡正向窗户靠近。

母亲愤怒地扫了一眼护士。

一跃而起,冲向女儿。

她打开门,却正好看到女儿的身体倾倒下去。

她拼尽全力大喊,但为时已晚。

一记沉闷的声响。

母亲颤抖地走向前去。

弗朗西丝卡倒在一摊鲜血里。

在好几个月里，她都曾相信母亲变成了天使。
想象她带着梦想的翅膀。
在柏林的上空飞翔。

第二部分

1

人们告诉夏洛特这个消息的时候，她一言不发。

一场突发性的致命流感带走了母亲的生命。

她想着这个词：流感。

两个字就结束了一切。

许多年后，在整个世界一片混乱之时，

她终于得知了真相。

此时，她安慰着父亲。

没关系的，她说。

妈妈早就告诉过我了。

她变成了天使。

她以前总说天堂有多美丽。

阿尔伯特不知该怎么回答。

他也想要相信。

可他清楚真相。

妻子抛下了他孤零零一个人。

只剩他一个,带着他们的女儿。

回忆无处不在,纠缠着他不放。

每个房间,每样物件,都有她的影子。

房子里弥漫的还是她呼吸过的空气。

他想要换掉家具,想要毁坏一切。

首先得要搬家。

但夏洛特立马拒绝了他的提议。

母亲答应过她,一到天堂就给她写信。

所以要待在这里。

要不然,妈妈会找不到我们的,小女孩说。

每个晚上,她都坐在窗口。

连等好几个钟头。

天际线那边漆黑一片。

大概就是因为太黑了，母亲的信才找不到路。

日子一天天地过去，全无母亲的音讯。

夏洛特想去墓地。

那里的每一个角落她都了如指掌。

她来到母亲的墓前。

不要忘记，你答应过我的：告诉我那边的一切。

但始终什么都没有。

什么都没有。

她再也不能承受这一片死寂。

父亲尝试跟她讲理。

死者无法给生者写信。

这样其实更好。

妈妈在那里过得很开心。

云朵后面藏着一架架钢琴。

他开始有些胡言乱语。

他的脑海里一片混乱。

夏洛特终于明白，她不会收到任何音信。

她恨极了母亲。

2

现在,要学会习惯孤独。

所有的情绪只有自己品尝。

父亲逃避着现实,逃到了工作里。

每个晚上,他坐在办公桌前。

夏洛特看着他钻进书本里。

一堆堆书俨然座座山丘。

他看起来像个疯子,嘀嘀咕咕念着各种化学式。

没有人能阻挡他求知的脚步。

追逐名望的脚步自然也不会停。

他刚被任命为柏林医科大学的教授。

这是至高荣誉,有如美梦成真。

夏洛特看起来并不为此雀跃。

说真的,她如今已不知如何表达情感。

在俾斯麦大公夫人女校,大家在她经过的时候窃窃私语。

要对她好一点，她妈妈去世了。

她妈妈去世了，她妈妈去世了，她妈妈去世了。

好在这里的楼房令人安心，这里有着宽阔的楼梯。

在这里，痛苦渐渐平息。

夏洛特很高兴每天都能去上学。

我自己也走过这条路。

走过许多许多次，走在她走过的地方。

来来回回，追随着小夏洛特的足迹。

有一天，我走进她的学校。

小女孩们在大厅里奔跑。

我仿佛可以想象夏洛特仍置身她们之中。

在秘书处，教导主任接待了我。

一位名叫盖尔琳德的和蔼女士。

我向她解释了来意。

她看起来并不惊讶。

夏洛特·萨洛蒙，她又重复了一遍。

我们当然知道她是谁。

漫长的参观就此开始。

我看得十分仔细,因为每个细节都顶要紧。

盖尔琳德自豪地历数着学校的种种荣耀。

一边讲,一边观察着我的反应。

但接下来的才是最重要的。

她建议我去看看自然科学课的设备。

为什么?

所有东西都是那个年代的。

我们会进入上个世纪。

进入完好无损的夏洛特时代。

我们穿过一条昏暗无光又积满尘土的走廊。

来到一间阁楼,这里摆满动物标本。

还有在短颈大口瓶里安度永恒的昆虫。

一具骷髅吸引了我的注意。

死亡是回荡在这场探寻中的永恒旋律。

夏洛特一定研究过这具骷髅,盖尔琳德说。

我就在那里,与我的女主人公相隔一个世纪。

这一刻,是我来研究这具人类身体的构造。

结束时,我们参观了豪华的演出厅。

一群女孩子在拍班级集体照。

在摄影师的鼓励下,她们摆出疯狂的姿势。

将此刻的生之喜悦凝固成永远。

我又想到了我见过的那张夏洛特的班级照。

那张照片不是在这个厅里拍的,而是在外面的院子里。

那是张十分令人不安的照片。

所有的女孩眼睛都看着镜头。

所有的,除了一个。

夏洛特的眼睛看向了另一个方向。

她在看什么?

3

夏洛特在外祖父母家住了一段时间。

她住在母亲儿时的房间。

这让她的外祖母感到有些错乱。

不同的岁月在她的脑海里混淆在一起。

这个小女孩,有着大女儿的面孔,又叫着小女儿的名字。

夜里,她时常惊恐万分,总要起床好几次。

她要确认小夏洛特睡得香甜。

小女孩变得越来越孤僻粗野。

她的父亲雇了好几个保姆,她却想尽办法让她们打退堂鼓。

她痛恨任何想要照顾她的人。

这些人里最讨厌的是施塔加尔德小姐。

一个粗俗的蠢女人。

夏洛特是她见过的最没教养的女孩子,她说。

幸好,一次远足的时候,她一脚踩了空。

她摔断了一条腿,痛苦得大喊大叫。

夏洛特则狂喜不已,终于能摆脱她。

但哈瑟小姐又是另一回事了。

夏洛特立刻就喜欢上了她。

由于阿尔伯特从来不在,她几乎可以算住进了家里。

她洗澡的时候，夏洛特便悄悄起来偷看。

她饱满的胸部让夏洛特心驰神迷。

这是夏洛特第一次看到这么丰满的乳房。

她母亲的胸部很小。

自己的又会变成什么样子呢？

她还想知道什么样子的比较讨人喜欢。

她在楼道遇到一位和她年纪相仿的邻居，问了他这个问题。

他显得十分惊讶。

然后终于回答：大胸部比较好。

看来哈瑟很幸运，但她长得不算太好看。

她的脸有点浮肿。

嘴唇上方长了些汗毛。

汗毛，或者其实更像胡子。

夏洛特又去见她的邻居。

胸部大，但有胡子……

还是胸部小，但是脸蛋漂亮？

邻居又犹豫了起来。

他认真地说，第二种也许更好些。

然后他就走了,什么也没再说。

在这之后,每次碰到这个奇怪的邻居他都很尴尬。

夏洛特却因为他的答案松了一口气。

实际上,哈瑟小姐不讨男人喜欢这件事让她感到安心。

她太喜欢她了,无法承受失去她的可能性。

她希望谁都不要喜欢她。

谁都不要,除了她自己。

4

第一个没有母亲的圣诞节来了。

外祖父母在,可一如既往的冷冷冰冰。

冷杉树在客厅里显得无比巨大,完全不成比例。

阿尔伯特买了最大最漂亮的那一棵。

自然是给女儿买的,但也为了纪念妻子。

弗朗西丝卡非常喜爱圣诞节。

她总是花很长时间来装饰圣诞树。

那曾是一年里最亮的一束光。

现在,这棵树黯淡无光。

仿佛也在为弗朗西丝卡哀悼。

夏洛特拆开她的礼物。

在大家的注视下,她装出了开心的小女孩模样。

装装样子做做戏,好缓和这一刻的气氛。

好减轻父亲的忧伤。

一片安静最勾起他的伤心。

从前的圣诞节,母亲总是连弹好几个钟头的钢琴。

她喜欢基督教的歌曲。

此刻的聚会却悄无声息,不再有音乐的伴奏。

夏洛特时常观察钢琴。

她无法触碰它。

因为她仍能看到琴键上母亲的双手。

在这台乐器上,过去宛在眼前。

夏洛特有一种感觉,仿佛钢琴能懂得她的感受。

能分享她的伤悲。

它和她一样,是个被遗弃的孤儿。

每一天,她都看着仍展开着的乐谱。

她母亲弹的最后一首曲子。

一篇巴赫的曲谱。

一年又一年,圣诞节就这样静悄悄地度过。

5

如今是一九三〇年。

夏洛特已长成了少女。

人们总说她活在自己的世界里。

活在自己的世界里,那会怎么样?

会沉湎幻想,自然也会唤起诗情。

但还会让人同时处于两种相反的情绪,极乐与极厌。

夏洛特可以一边微笑,一边痛苦。

只有哈瑟理解她,她们之间不需要言语。

夏洛特总是静静地将头埋在她的胸前。

这样,她就感到自己正在被倾听。

阿尔伯特说,一个十三岁的女孩子已经不再需要保姆了。

他到底懂不懂女儿心里想要的是什么?

如果真的如他所说,那么她拒绝长大。

夏洛特感到越来越孤独。

她最好的朋友现在更常和凯瑟琳在一起。

那是个新生,一来就大受欢迎。

她是怎么做到的?

有些女孩天生就招人喜欢。

夏洛特害怕被抛弃。

最好的办法就是不要结识人。

因为没有什么能够持久。

不要抱有希望,因为可能失望。

但不,不能这样,这太荒谬。

她已见到父亲身上发生的变化。

由于远离世人,他变得越来越阴沉。

于是,她鼓励他多出门走走。

在一次聚餐中,他遇到了一位著名女歌唱家。

她刚录完的唱片精彩绝伦。

她的歌声风靡欧洲。

她还会在教堂里演唱圣歌。

阿尔伯特十分羞怯,搜肠刮肚地找话讲。

他们的对话时有冷场。

要是她哪里不舒服就好了,那样医生就知道该说些什么了。

可她身体健康得让人束手无策。

过了一会儿,他结结巴巴地说自己有个小女儿。

葆拉①(这是她的名字)觉得那样子十分迷人。

她厌倦了成天被献殷勤,希望找个圈外人。

狂热的歌剧院总监库尔特·辛格②将她奉若女神。

他愿意为她放弃一切(也就是离开发妻)。

他的追求几近纠缠。

---

① Paula Salomon-Lindberg(1897—2000),德国女低音歌唱家。
② Kurt Singer(1885—1944),德国神经科学家、音乐家,曾任德国国立音乐学院教授、柏林市立歌剧院总监。

几个月来,他对葆拉许下海誓山盟。

他还是位神经科医生,治好过许多女人的神经问题。

为了攻下葆拉,他无所不用其极,连催眠术都祭上。

葆拉几乎就要动摇,但最后还是将他拒绝。

有天晚上,他们从音乐会出来时,库尔特的妻子突然出现。

绝望的女人将一瓶毒药洒向葆拉。

或许她之前也曾犹豫,是否该自己饮下这毒药。

一场爱情的悲剧。

这次遭遇让葆拉身心俱疲。

她开始思考,是时候结婚了,

结束这令人筋疲力尽的种种。

此时此刻,阿尔伯特对她来说像个避难所。

并且,她喜欢外科医生的手。

阿尔伯特告诉夏洛特他与葆拉的邂逅。

夏洛特大为惊叹,坚持要他请葆拉来吃饭。

这将是怎样的荣幸啊。

阿尔伯特依言照做了。

这个晚上,夏洛特穿上了自己最漂亮的裙子。

她唯一喜欢的一条。

她帮哈瑟布置餐桌,摆放碗盆。

一切都要完美无缺。

晚上八点钟,门铃响起。

她激动不已,跑去开门。

葆拉向她绽放出一个大大的笑容。

你就是夏洛特吧,女歌手说道。

是的,我就是,她想这样回答。

可她一个字也说不出来。

晚餐在愉快而矜持的气氛里进行。

葆拉提议夏洛特去听她的音乐会。

结束之后,你还可以参观后台。

到时候你就知道了,那里可漂亮了,葆拉补充道。

幕布后面才是真实的世界。

她说话时语气柔和,声线纤细。

一点儿也不像个趾高气扬的歌后。

相反,她的一举一动都是那样温柔。

一切都棒极了,阿尔伯特想。

葆拉简直像原本就属于这里。

晚餐后,大家请求女歌手来一曲。

她来到钢琴旁。

夏洛特的心跳得快要蹦出来了。

葆拉翻着钢琴边上的琴谱。

终于选了一首舒伯特的谣曲。

将它叠在了巴赫的曲谱上面。

6

夏洛特剪下了每篇提到葆拉的文章。

一个人原来可以被如此喜爱,她不禁心驰神往。

她喜欢听大厅里响起的掌声。

她很骄傲,可以与艺术家本人相识。

夏洛特着迷于观众们的热情。

他们的赞叹声是多么美妙。

葆拉与少女一同分享她收获的爱。

向她展示鲜花和信件。

这一切以奇特的方式慰藉着夏洛特。

各式际遇目不暇接,日子过得飞快。

忽然之间,周围的气氛变得躁动起来。

阿尔伯特问女儿对葆拉有什么看法。

没别的,我就是非常喜欢她。

那太好了,因为我们决定结婚。

夏洛特一下子扑上去抱住了父亲。

她好多年都没这样做过了。

婚礼在犹太教堂举行。

葆拉由身为犹太教拉比的父亲抚养长大,

严格遵守着犹太教的教规。

在夏洛特的生活里,犹太教一直是个可有可无的存在。

甚至可以说完全不存在。

用瓦尔特·本雅明的话来讲,她的童年缺少犹太文化的指引。

她父母的生活并无宗教色彩。

她母亲甚至热爱基督教歌曲。

十三岁时,夏洛特发现了这个本该属于她的世界。

她端详着这个遥远的世界,满满的好奇写在脸上。

7

阿尔伯特的新任妻子住进了维兰德大街十五号。

夏洛特的生活被彻底打乱了。

原本总是空空荡荡、悄无声息的公寓开始变化。

葆拉带来了柏林文化界的社交生活。

她宴请各界名流。

在这里,可以碰见著名的阿尔伯特·爱因斯坦、

建筑师埃里希·门德尔松①,

或者阿尔伯特·史怀哲。

德国正处于盛世巅峰。

——————————

① Erich Mendelsohn(1887—1953),德国建筑师。

不管在人文、艺术，还是科学领域都睥睨群雄。

人们弹琴、喝酒、唱歌、跳舞、创作。

生活从来没有如此热烈地绽放。

如今在这个地址，地上铺着几块金色的小铭牌。

人们把它们叫作绊脚石①

这是为了向被关进集中营的人们致敬。

在柏林有很多这样的铭牌，特别是在夏洛特堡。

走路时记得要低头，寻找这些嵌在铺路砖间的回忆。

在维兰德大街十五号的楼前，我们可以看到三个名字。

葆拉，阿尔伯特和夏洛特。

但在墙上，只有一块纪念牌。

属于夏洛特·萨洛蒙的牌子。

我上一次去柏林的时候，那块牌子消失了。

---

　　① *Stolperstein*，德语意为"绊脚石"，指德国艺术家冈特·德姆尼希发起的纪念犹太人项目。"绊脚石"为十厘米见方的铜片，上面镌刻二战中被驱逐或遇害的犹太人的名字、生日、忌日、身亡地点等信息，铺于其原先住址前。"绊脚石"稍高于路面，意在提醒经过的路人勿忘历史、向遭受迫害的犹太人致敬。

大楼在重修中,四处搭着脚手架。

一层新上的油漆抹去了夏洛特的名字。

这座大楼变得平庸无奇,简直像电影里千篇一律的布景。

我呆立在人行道上,凝视着阳台。

在那里,夏洛特和父亲一起拍过一张照片。

底片显示大约是一九二八年拍的。

照片里的她约莫八九岁,目光明亮有神。

令人吃惊的是,那时的她看起来已有女人味。

我在过去里沉寂了片刻。

宁愿观察记忆中的相片,也不想看眼前的景象。

最后,我终于下定决心。

穿梭在梯子和工人之间,溜进了楼房。

我上到二楼,站在她的门前。

我按下夏洛特家的门铃。

由于正在施工,这个地方冷冷清清。

但公寓里投射出一道光线。

像是有人在里面。

一定有人在里面。

但什么声音也听不见。

我知道这间公寓很大。

我再次按下门铃。

还是毫无反应。

等待的时候，我读着门铃上刻的名字。

看来萨洛蒙的公寓后来变成了一间办公室。

寄居于此的公司叫作域名之家。

一家网页开发公司。

我听到了声响。

越来越近的脚步声。

门那边的人在犹豫要不要开门。

一个女人出现在眼前，脸上满是不安：

这几个家伙想要来干什么？

我小说的德语版译者克里斯蒂安·科尔布随我一起。

他过了一会儿才开口。

他的嘴仿佛总是自带省略号。

我请他解释我们的来意。

法国作家……夏洛特·萨洛蒙……

女人当着我们的面摔上了门。

我目瞪口呆，一动也不能动。

我和夏洛特的房间只隔几米。

有些沮丧，但凡事不能勉强。

我有的是时间。

8

宾客的交谈丰富了夏洛特的世界。

她对书本的热情被点燃，开始大量阅读。

她如饥似渴地读完了歌德、黑塞、雷马克、尼采和德布林。

葆拉觉得自己的继女太过内向。

她从不邀请朋友来家里。

夏洛特对继母产生了强烈的占有欲。

宴会时总是紧跟在她后面。

不愿让别人和她交谈过久。

她准备在葆拉的生日时大放异彩。

她花了好几天时间寻找理想的礼物。

终于遇上了一只无可挑剔的粉盒。

她用光了所有的零花钱。

为自己的收获兴高采烈。

继母一定会更加爱她。

生日晚宴上,夏洛特兴奋得急不可耐。

葆拉打开了她的礼物。

葆拉很喜欢这份礼物。

但它并无特殊之处。

她对所有人致上同样的感谢,语气同样温柔。

夏洛特崩溃了。

她绝望至极。

失去理智。

她向粉盒冲去。

在所有客人面前用尽全力将它摔在地上。

全场鸦雀无声。

阿尔伯特看向葆拉,仿佛应该由她来做出反应。

葆拉怒火中烧,表面却保持冷静。

她陪夏洛特回到房间。

我们明天再说个明白,她说。

我把一切都搞砸了,女孩心想。

隔天早上,她们在厨房相遇。

夏洛特道歉个不停。

她想要解释自己的感受。

葆拉伸手摸摸她的脸颊,安慰她。

好在,夏洛特终于说出了心中的不安。

葆拉记起初次见面时那个快乐的少女。

不明白如今是什么让她这样心烦意乱。

对阿尔伯特来说,女儿的举动就是出于嫉妒。

没别的原因。

他拒绝深究她的痛苦。

这位大医生,繁重的工作占去了他的全部时间。

在对溃疡的治疗上，他有了重大突破。

而女儿的精神危机不是他考虑的重点。

葆拉则继续为此感到焦虑。

她认为应该把一切都告诉夏洛特。

告诉她真相。

什么真相？阿尔伯特问。

关于……她母亲的真相。

她坚持着。

没有人能够在这样一个谎言里生活。

要是她知道了所有人都在骗她，那该多可怕。

不，应该保持沉默，阿尔伯特重申他的观点。

又加了句，她的外祖父母在这件事上没有商量余地。

他们不想让她知道。

葆拉立刻就明白了。

夏洛特常常去外祖父母家过夜。

他们没有一刻不背负着巨大的压力。

无时无刻不告诉自己,他们已经失去了两个女儿。

只剩下"小洛特"了,他们悲叹着。

每次从那儿回来,夏洛特都变得阴郁许多。

显然,外祖母深深地爱着她。

但她的爱里仿佛有股黑暗力量。

这样的女人怎么能照顾孩子呢?

这样的女人,有着两个自杀的女儿的女人。

9

葆拉同意什么都不告诉夏洛特。

因为这是全家人一致的意愿。

但她写了份措辞严厉的信给外祖母。

"您是杀害您的女儿们的凶手。

但这次您不会再得逞。

我会保护她……"

外祖母如雷轰顶,开始反省自己。

她曾极力逃避的过去如潮水般涌来。

她任由一幕接一幕的悲剧占据回忆。

自然,自杀的有她的两个女儿。

但她们的背后是一整部漫长的家族自杀史。

由于失败的婚姻,她的哥哥同样投水身亡。

年仅二十八岁的法律博士。

他的尸体被停放在客厅里。

在许多天里,整个家族都与这场劫难相邻而眠。

大家不想让他就这样离开。

家应该成为他的墓穴。

只是腐坏的尸体恶臭难闻,不能再继续下去。

当人们搬走儿子的尸体,母亲极力想将他留下。

她可以接受他的死亡,但无法接受他的离去。

她的精神陷入错乱。

家人雇了两位全天候的护工。

为了避免她伤害自己。

正如弗朗西丝卡第一次自杀失败之后那样。

一切又重演了。

重演又重演,如同反复回响的死亡副歌。

外祖母回忆起那些艰难的年岁。

那时,她要一刻不停地监护自己的母亲。

她有时会和母亲说话,让她安心。

她的情绪似乎因此缓和下来。

但不可避免地,她又开始提起儿子。

她说,他是海员。

因此大家不常见到他。

接着,突然之间,现实扑面而来。

将她的心活生生撕开一道伤痕。

接连好几个小时,她大哭大喊。

过了心神俱疲的八年,她终于被压垮。

或许,这个家庭终于能够借此找回一丝表面的平静。

然而,对外祖母来说,这一切并没有结束。

母亲刚刚下葬,她的妹妹就自杀了。

没有理由，也没有预兆。

十八岁时，她在深夜起床。

跳进冰冷的河水里。

正如之后第一个夏洛特所做的那样。

一切又重演了。

重演又重演，如同反复回响的死亡副歌。

外祖母对妹妹的离去震惊至极。

无论是她还是别人，都对此毫无准备。

必须赶快逃离。

婚姻是最好的选择。

她嫁入了格朗沃德家。

很快就有了两个女儿。

时间过去了一年又一年，日子幸福得令人诧异。

但死神又卷土重来。

她哥哥唯一的女儿自杀了。

然后轮到她的父亲，她的姨母。

不会有出路,永远都不会。

这个家族的死亡传统太过强大。

他们的家谱已被噩运蛀蚀。

可她从没想过自己的女儿也被传染。

她们的童年是那样快乐,悲剧毫无征兆。

她们四处奔跑。

蹦跳,舞蹈,欢笑。

如何料想得到。

先是夏洛特,再是弗朗西丝卡。

外祖母把自己关在房间里,不住地为她死去的亲人哭泣。

那封信摆在她的膝盖上。

泪水浸湿了纸张,字迹晕开来,变得模糊不清。

要是葆拉是对的呢?

毕竟,这个女人唱歌时犹如天使。

是的,她道出了真相。

她周围的所有人都死去了。

或许一切都是她的错。

那么是要留心。

要保护夏洛特。

要减少见她的次数，如果这样会比较好。

她不能再来这里过夜。

夏洛特要活下去。

这才是关键。

但这，可能吗？

音乐和幻想。

绝望和疯狂。

一切都在这里。

在喷薄的鲜亮色彩里。

他们离群索居，过着降调的生活。

但又分明那样热烈，谱写着大调的旋律。

第三部分

1

如今，夏洛特已是十六岁的少女。

她学习认真，成绩优异。

大家时常觉得她有些神秘。

她的继母则觉得她太过放肆。

她们之间的关系不再那样融洽。

阿尔伯特总是忙于医学研究。

因此只有她俩成天到晚共处一室。

日复一日地彼此厌烦，彼此恼火，自然如此。

夏洛特的情绪越来越分裂。

一边崇拜着葆拉，一边对她忍无可忍。

但她永远不会厌倦葆拉的歌声。

葆拉每一次在柏林的音乐会她都到场。

每一次都怀着和第一次一样的心情。

葆拉是当代最杰出的女歌手之一。

她的台下永远都是人头攒动。

她刚录了一曲精彩绝伦的《卡门》。

这晚，夏洛特坐在第一排。

她的继母久久地拖长最后一个音符。

这是整场音乐会的最后一个音符。

听众屏气凝神。

这个音符结束得精妙绝伦。

演出圆满成功，全场掌声雷动，

轰动的场面怎么形容都不过分。

这里那里，四处响起叫好喝彩的声音。

夏洛特注视着堆满舞台的花束。

这些花束马上就会来装饰他们的客厅。

一整片的红色似火。

然而在这片红色之中，响起了一个不和谐音。

一开始,夏洛特并不确定。

这也许只是有些特殊的爱意表达方式。

捧场声沙哑了些,喝彩声刺耳了些,仅此而已。

但不,不是这样。

这个声音从高处传来。

此刻还不能清晰辨别。

大厅的灯光还没有亮起。

嘶哑的声音越来越响。

倒彩声已盖过了掌声。

葆拉明白了状况,迅速退到后台。

她不想听到这些声音。

她不想听到仇恨的声音。

人们叫嚣着诅咒和辱骂。

他们叫葆拉回家。

他们不想再听到她在这里唱歌!

夏洛特胆战心惊,颤抖着去找葆拉。

她以为会看到继母被击垮的样子。

但并没有,她站在镜子前面。

她看起来坚强有力,甚至不可动摇。

反倒是她来安慰夏洛特。

要学会适应,现实就是这样……

但她的声音出卖了她。

冷静的表象掩饰不住她的慌张。

她们回家时,阿尔伯特还没有睡。

他被关于音乐会的描述吓坏了。

她们口中的情景让他想要作呕。

一切变得完全无法忍受。

一些朋友准备离开德国。

并且让他们也这样做。

葆拉可以在美国演唱。

阿尔伯特很容易就能找到工作。

不,他说。

这不可能。

他们的祖国是这里。

是德国。

要保持乐观①,要告诉自己仇恨不会持久。

2

一九三三年一月,仇恨的势力登上权力顶峰。

葆拉不能够再登台演出。

阿尔伯特的职业生涯同样突然告终。

保险公司不再理赔犹太医生的治疗费用。

他的教师执照也被吊销。

尽管他刚做出了许多重大医学发现。

暴力行为蔓延开来,人们点起熊熊大火焚烧书本。

夜晚,人们重聚在萨洛蒙家。

艺术家、知识分子和医生各抒己见。

有些人坚持认为,这一切都会过去。

眼前的种种只是经济危机的必然后果。

---

①比利·怀尔德说:“悲观者在好莱坞找到归宿,乐观者则在奥斯维辛葬送生命。”——原注

国家的不幸总得找人担责。

夏洛特聆听着受难者们的讨论。

库尔特·辛格也在这里。

他在柏林歌剧院的职务刚被罢免。

他身上的强大力量和领袖气质让他挺身而出。

他不断和纳粹政府沟通。

捍卫受排挤的艺术家。

他提议创立德国犹太人文化联盟。

接待他的纳粹负责人犹豫了。

他理应直接拒绝,但他不由自主地对辛格感到欣赏。

时间仿佛在他们之间定格了片刻。

在这片刻里什么都可能发生。

艺术家们是被判死刑,还是得以幸存。

位高权重的官员可以决定一切。

此刻,他一言不发。

直直地盯着对方的眼睛。

辛格强忍着太阳穴上的汗珠。

眼前关系到的是每个人的未来。

过了许久，纳粹官员拿出一张纸。

他签署了犹太人协会的同意书。

辛格激动不已，不断道谢。

谢谢您，非常感谢您。

艺术家的英雄得到了欢呼。

大家组织了一场盛大的宴会来庆祝这场胜利。

多么快乐，不用马上死去。

歌手、演员、舞者和教师们都松了一口气。

能够上台，就是能够活下去。

葆拉不再被迫保持沉默。

她仍能举办独唱音乐会。

在犹太人的专属剧院里，唱给犹太观众听。

文化界里也有了犹太人区。

这一政策还将延续数年。

将不断被收紧，被控制，被遏制。

一九三八年,库尔特·辛格去美国看望姐姐。

在此期间,发生了"水晶之夜"事件①。

犹太人的财产遭到洗劫,发生了数十起谋杀事件。

库尔特的姐姐恳求他留在美国。

这对他来说是个难得的机会。

他可以逃脱即将到来的灾难。

但不。

他坚持要回到祖国。

去挽救可以被挽救的一切,他说。

返回欧洲途中,他经过鹿特丹。

他的朋友们又坚持要他留在那里。

毕竟,文化协会已被取缔。

在这一年回德国无异于自杀。

这次他选择了妥协,在荷兰住了下来。

再一次,他尝试通过音乐和艺术来抵抗黑暗。

---

　　①指 1938 年 11 月 9 日至 10 日凌晨,希特勒青年团、盖世太保和党卫军袭击德国和奥地利的犹太人的事件,该事件标志着纳粹对犹太人有组织的屠杀开始。

他多次举办音乐会。

但即便在那里,魔掌仍向他袭来。

那么多次,他本可以逃脱。

可他想要留在亲友身边。

他们那样脆弱,需要他来守护。

即便他搭起的只是一道虚幻的围墙。

这个男人是如此的英勇。

照片里可以看到他坚毅的力量和狂乱的头发。

他将在一九四二年被遣送到泰瑞辛集中营。

这里关押的有艺术家及各界精英。

这是一个所谓的"模范集中营"。

仿佛一扇展示给红十字会代表团看的完美橱窗。

那些访客看不到精美装饰背后掩藏的是什么。

迎接他们的是一场场演出,昭示着一切安然无恙。

辛格甚至继续登台。

他挥舞着手臂,指挥着乐队。

或者说,指挥着乐队里的幸存者。

一月接一月,音乐家们渐渐陷入沉默。

然后静悄悄地死去,没有仪式相伴。

辛格最后只能指挥两个虚弱的小提琴家。

他始终坚持着,不断鼓舞那些垂死者。

再也没有人相信他,除了他自己。

直到一九四四年一月的那一天,他精疲力竭地倒下。

在战斗中死去。

3

让我们再回到一九三三年。

夏洛特不再相信仇恨只是暂时现象。

这不再是少数几个狂热者的问题,而是整个民族。

这个国家被一群暴徒统治。

四月初,人们组织了针对犹太人产业的抵制运动。

她看到了大街上的游行,看到了店铺里的洗劫。

在犹太店铺购买商品者皆猪猡,她读道。

人们群情激愤,有节奏地叫喊着口号。

夏洛特的恐惧,我们该如何想象?

侮辱性的政策层出不穷。

学校要求出示祖父母的出生证明。

有些女孩被发现有犹太血统。

瞬息间,她们成为了被排斥的人。

坏血统。

有些母亲禁止女儿和犹太女孩来往。

要是这种血统也会传染呢?

另外一些人感到愤怒。

大家要联合起来与纳粹作斗争,她们抗议道。

但说这些话要冒很大风险。

于是,声音变得越来越轻。

最终消失不见。

阿尔伯特尽力安慰女儿。

但如何才能抚平他人的仇恨?

夏洛特变得越发内向。

她不停地阅读,越来越少幻想。

正是在这时候,绘画进入了她的生活。

文艺复兴萦绕在她的心头,带她逃离眼前的岁月。

4

夏洛特的外祖父母常常在夏天出门旅行。

这一年,他们要去意大利,进行一场漫长的文化之旅。

他们想带上外孙女。

尽管父亲和葆拉对过去的事情仍心怀顾虑,

但这一次他们没有犹豫。

远离眼前的深渊,夏洛特会很快乐。

对夏洛特来说,这场旅行为她开启了新世界的大门。

她的外祖父母醉心于古代文化。

醉心于一切遗迹。

他们对木乃伊尤为迷恋。

自然也对绘画十分倾心。

夏洛特完备了自己的知识,

发现了一片新天地。

在有些画作前,她甚至心跳不止,有如面对爱人。

一九三三年的这个夏天,她的艺术生命真正开始。

在每个艺术家的成长轨迹中,总有某个精确的时间点。

从那一刻起,她开始发出属于自己的声音。

激情在她的心里生根发芽,就好像一滴血在水中晕染蔓延。

在旅行中,夏洛特问到了母亲的事。

有关她的回忆年复一年慢慢稀释。

只剩含混的感觉,模糊的情绪。

她很难过,因为自己已记不得母亲的声音和味道。

可这话题太过痛苦,外祖母回避着她的问题。

于是夏洛特懂了,最好什么也不要问。

就让弗朗西丝卡继续留在缄默的世界里。

对女儿来说,她的死因依然是个秘密。

外祖父在艺术品中得到慰藉。

得到一种荒谬的乐观态度。

欧洲不会再一次陷入疯狂的杀戮。

参观那些废墟时，他这样声称。

古代文明里有种让人安心的力量。

他一边发表言论，一边做着混乱而夸张的手势。

他的妻子跟随着她，像丈夫永恒的影子。

面对这不搭调的二人组，夏洛特不禁微笑。

他们看起来那样衰老。

外祖父留着长长的白胡子，活像个圣徒。

尽管走路时要拄着手杖，他依然健壮有力。

外祖母则越来越枯瘦。

她能撑住已是个奇迹，只有她自己知晓其中的秘密。

两位老人不知疲倦地走遍了各个陈列厅。

反倒是夏洛特时常请求歇一会儿。

他们的快节奏和高强度让她疲乏不堪。

每座博物馆的每件展品他们都想看。

可夏洛特觉得胃口太大有时并无意义。

最好还是专心于某件作品。

集中全部的注意力。

将一幅画了解得彻彻底底，这样不是更好吗？

而不是漫无目的地撒网，最后一无所获。

她多么想要聚焦在某处。

不再去寻找她永远也找不见的东西。

5

回到德国后便是痛苦。

在美景奇观里徜徉了一个夏天，现实却无情地迎面袭来。

必须要正视的现实。

外祖父母决定离开祖国。

他们没想到，自己将永远都不会回来。

这一去就再也没能复返。

在西班牙，他们结识了一个美国女人。

奥蒂丽·摩尔是一位德裔美国人。

她新近守寡，因此获得了一笔庞大的财富。

她在法国南部拥有一处面积广阔的房产。

在那里,她迎接着各式各样的避难者,尤其是孩子。

在去柏林时,她见识到了那里的暴行。

她向外祖父母提出可以收留他们。

多久都行,她补充道。

她很欣赏他们的博学和幽默。

在她家,他们将得以逃避接下来要发生的灾祸。

犹豫了许久之后,他们接受了提议。

她的地产位于滨海自由城,那里宛若天堂。

她的花园美不胜收,甚至有些异国情调。

种植着橄榄树、棕榈树和柏树。

奥蒂丽是个快乐的女人,永远笑容盈盈、热情洋溢。

夏洛特留在柏林,跟父亲和葆拉一起。

她回到了学校,面对着无尽的屈辱。

直到有一天,法律禁止她继续上学。

离毕业会考还有一年,她却必须停止学习。

她带着一份成绩单离开,那上面证明她的表现无可挑剔。

她和葆拉一起生活,在她们的家里,与世隔绝。

两人丝毫没有相互支持,而是不再理解彼此。

夏洛特被整个世界驱逐,她要继母来承受代价。

这是她唯一可以吼叫的人。

也有相安无事的时候。

她们会一起谈论未来。

夏洛特越来越频繁地作画,梦想考入柏林美术学院。

她时常走到学校门前。

看着学生们背着画板出来。

然后,抬起头。

只见一面巨大的纳粹旗帜飘扬在屋顶。

父亲告诉她,进美术学院非常困难。

他们只收很小比例的犹太学生,连百分之一都不到。

他要她去考一所服装设计学校。

那里接受犹太学生。

都是艺术学校,都一样的。

她可以设计衣服。

她不得已地接受了。

毕竟，她早已放弃了决定自己如何生活的权利。

她只在那里浑浑噩噩地待了一天。

但这几个小时坚定了她的志向。

她想要画画。

的确，她的几幅处女作都很有潜力。

阿尔伯特决定请人给她上专门的课程。

关键是要有好的教育，他说。

是的，这对于她的将来至关重要。

6

这些课程糟糕透顶。

对她的老师来说，绘画似乎止步于一六五〇年。

那个女人永远佝偻着蜷缩在一件米色套装里。

她的三焦点镜片眼镜让她看起来活像只青蛙。

夏洛特试着依她所说来作画。

毕竟,父亲花了好一笔钱。

但她陷入了无止境的烦闷。

青蛙女士要求她画一株仙人掌。

她一次又一次冷冰冰地擦掉夏洛特的画。

刺的数量不对!

这不是绘画,而是照相。

好几个星期里,夏洛特都不停地画静物。

心里久久念着这个德语词:静物。

就像我一样,无情无欲,了无生机,她想。

夏洛特不知如何表达她的感受。

然而她的画作日益进步。

在学院派和先锋派之间,她找到了自己的道路。

她无比热爱梵高,接着又发现了夏加尔。

她崇拜埃米尔·诺尔德①,刚读到一句他的话:

"我喜欢一幅画浑然天成的样子。"

_____

① Emil Nolde(1867 —1956),德国画家。

自然还有蒙克,还有考考斯卡①和贝克曼②。

绘画已胜过一切,成为她心头的执念。

她不惜一切代价也要参加美术学院的考试。

她发奋刻苦地准备着。

渐渐地着了魔。

阿尔伯特和葆拉觉得她的激情让人担忧。

但事实正相反,这是件值得高兴的好事。

夏洛特曾感到那样迷失,如今终于找到了方向。

她终于将自己的资料递交给美术学院。

路德维希·巴特宁老师惊异于她的画风。

他感到这位考生潜力无穷。

他坚持要学校接收她。

但犹太学生的接收比例是那样小。

夏洛特只有一点优势:她的父亲参加过一战。

尽管世界越发黑暗,但偶尔也会施舍一丝光明。

---

① Oskar Kokoschka(1886—1980),奥地利画家、戏剧家。
② Max Beckmann(1884—1950),德国画家。

一切皆有可能。

要把她的资料提交给招生委员会。

路德维希想要见见这位年轻的艺术家。

他心地善良,积极反对种族主义的法律条规。

夏洛特将会得到他的庇护。

也许,他在她的身上发现了自己没有的东西?

他自己常常画花。

他笔下的花朵精美优雅。

但从来都合情合理,毫不逾矩。

招生委员会开会那天,紧张的气氛一触即发。

夏洛特的才华显而易见。

但她不可能被学校录取。

这太冒险了。

冒什么险?巴特宁义愤填膺。

她对于年轻的雅利安人可能构成威胁。

犹太女人太过诱人,太过邪恶。

巴特宁说自己已见过夏洛特。

他保证她不会给任何学生带来风险。

他还坚持道：她甚至十分内向。

大家就这样反复讨论夏洛特可能带来的威胁。

却绝口不提她的才华。

路德维希·巴特宁的坚持终于带来胜利。

这是个特例。

夏洛特·萨洛蒙曾四处遭到排斥，如今终于被这里录取。

她将在柏林高等美术学院学习。

7

她欣喜若狂，一头扎进学习。

老师们欣赏她的严谨和创造力。

可有时也批评她的沉默。

他们的要求真是难以捉摸。

她可是被要求保持低调，避免和他人交谈。

不过，夏洛特还是交了个朋友。

芭芭拉，美丽的金发女孩，纯正的雅利安人。

我多漂亮呀，希特勒万岁！芭芭拉说。

晚上,她们喜欢一起回去。

夏洛特听着她的朋友说心里话。

她谈论着自己的情人。

她的生活是那样美妙。

要是夏洛特也能成为芭芭拉,那该多好。

在美术学院,艺术自由渐渐收紧。

老师们受到严格的限制。

纳粹决定控制画家的创作。

警察常常突然闯进大厅。

在那里,他们嗅到堕落的气息。

要全面根除现代艺术。

除了金发的农民,他们怎么还敢画别的东西?

要歌颂运动员,强调力量和雄浑的气概。

贝克曼笔下那些模糊扭曲、被撕裂的身体自然不能出现。

多可怕的艺术家,他简直是颓废艺术的代言人。

一九三七年,在听了希特勒在慕尼黑的讲话之后。

贝克曼这位德国的天才立即决定离开祖国。

那是在德国艺术之家开幕式上的演讲：

"在国家社会党掌权之前，

在德国只有所谓的现代艺术。

每一年都有一种新的现代艺术！

但我们希望建立一种永存的德意志艺术。

艺术的风格不应随时间而变。

而应依民族而生！

你们创作的是什么？

尽是些形态扭曲的残疾人和痴呆者。

那些女人让人作呕。

那些男人更像禽兽而非人类。

还有那些小孩，要是那些小孩真的存在的话……

马上就会被视作天谴！"

一场"颓废艺术①展"轰轰烈烈地展开。

_____

①纳粹德国在官方宣传中创造的概念，指称所有当时被认为有厌世倾向的艺术，内容上基本涵盖了绝大多数现代艺术。

要让大家明白，什么是禁止被喜爱的。

要训练眼光，塑造品味。

尤其要指认这场堕落的元凶。

马克·夏加尔，马克思·恩斯特①，

还有奥托·迪克斯②首当其冲。

人群纷至，狠狠咒骂这些犹太艺术家。

在书本被焚烧之后，画作也遭到唾弃。

在画家的杰作中间，人们摆上孩童的信笔涂鸦，

或者是心智不全者的画作。

就这样，现代艺术被执行了死刑。

8

夏洛特支持遭到鄙夷的艺术家群体。

她对绘画的发展，尤其对新近的理论十分感兴趣。

她拥有艺术史家阿比·瓦尔堡③的著作。

----

① Max Ernst(1891—1976)，德裔法国画家、雕塑家。
② Otto Dix(1891—1969)，德国画家。
③ Aby Warburg (1866—1929)，德国艺术史家。

当我发现了这一点，一切都显得自然而然了。

在知道夏洛特之前，我曾着迷于阿比·瓦尔堡。

一九九八年，在《解放报》上，我读到一篇文章。

题为《拯救瓦尔堡行动……》。

记者罗伯特·马乔里在文中提到了一座神秘的图书馆。

"图书馆"一词吸引了我的注意。

一直以来，我都在寻找一座图书馆。

这座图书馆在我心头纠缠已久。

那是童年时的幻象，久久萦绕不去。

或许是来自前生的回忆？

这个名字莫名吸引着我：阿比·瓦尔堡。

于是，我阅读了关于这个怪人的一切资料。

作为长子的他本是富有的继承人，

却把财产全都转赠给了兄弟。

唯一的条件是他们要给他买所有他想要的书。

因此，阿比·瓦尔堡拥有数量惊人的藏书。

他有许多关于书籍排列的理论。

尤其是择邻为善理论。

我们寻找的书不一定是我们应该读的。

要看看它旁边的那一本。

他在书海里一走就是好几个小时,总是欣喜若狂。

他的精神几近错乱,还会和蝴蝶说话。

他曾多次被关入精神病院。

他把所有医生叫到身边。

试图向他们证明自己没疯。

如果我能向你们证明这一点,你们就得放我出去!

他于一九二九年去世,

在学生的帮助下,他的作品得以在身后流传。

恩斯特·卡西尔①也名列其得意门生之中。

他们预感到了危险,决定拯救图书馆。

一九三三年,图书馆迁至伦敦(他的藏书逃脱了纳粹魔掌)。

① Ernst Cassirer(1874—1945),德国哲学家。

这座图书馆始终留在那里，留在沃本广场。

我过去经常去那里。

二〇〇四年七月，我获得了一笔奖学金，参加一次文学之旅。

这场旅行被叫作司汤达任务。

我需要去汉堡，参观瓦尔堡的故居。

我当然是想写一本关于他的书。

但也因为我自己在现实中的纷乱心绪，须得找到系铃人。

因为我止不住地在思考他。

他的性格，他的年代，还有那座被流放的图书馆的故事。

我踏上旅途，坚信会获得什么启示。

但什么都没有发生。

我到底在期待着什么？

我甚至不知道我来是为了找些什么。

德国越来越深地吸引着我。

我着迷于这里的语言。

我不断听凯瑟琳·费丽尔的民谣。

在我的好几部小说中，主人公都讲德语。

还有几个女主人公教授或者翻译这门语言。

我追随着这股模糊的直觉。

所有我喜欢的艺术家都是日耳曼人。

甚至连设计师都是。

要知道我对家具完全没有兴趣。

但我开始喜爱包豪斯时期的书桌。

我还会去康兰品牌店，只是为了看看那些书桌。

我会拉开抽屉看看，就好像那些试鞋的顾客。

还有柏林，我开始喜欢柏林。

我会花好几个小时，坐在萨维尼广场一家咖啡店的露台上。

或者待在这个街区的书店里，翻阅艺术书籍。

有人说，我的这场迷恋很合潮流。

的确，所有人都爱柏林。

我周围的人都想去那里生活。

但我从不觉得自己合潮流。

相反，我老派又过时。

接着,我发现了夏洛特的作品。

完完全全出于偶然。

我当时并不知道自己会看到什么。

我与一位在博物馆工作的朋友相约吃饭。

她对我说:你应该去看看展览。

她只说了这几个字。

也许还加了一句:你应该会喜欢的。

但我并不确定。

一切完全没有经过事先计划。

她带我走向大厅。

就在电光火石之间。

我感觉终于找到了一直在寻找的东西。

我的这场迷恋得到了意料之外的答案。

我漫无目的的游荡将我带到了对的地方。

在看到《人生? 如戏?》的那一刻起,我就懂了。

我喜欢的一切。

多年来困扰我的一切。

瓦尔堡和绘画。

德国作家。

音乐和幻想。

绝望和疯狂。

一切都在这里。

在喷薄的鲜亮色彩里。

与某人的心有灵犀。

对某地的似曾相识。

在看夏洛特的作品时，我体会到了这一切。

我此刻看到的，我早已知晓。

在我身旁的朋友问我：怎么样，你喜欢吗？

我无法回答。

我沉浸在自己的情绪里，说不出话来。

她大概会以为我不感兴趣。

但实际上。

我不知道。

我不知道如何表达自己的感受。

不久之前,我偶然读到一篇乔纳森·萨弗兰·福尔的文章。

我对这个作者并不熟悉。

但我对他有种荒谬的好感。

因为我们的书在书架上常被摆在一起。

人们总是尽力在彼此之间制造些联系。

这是"择邻为善理论"的另一种解读。

他谈到自己发现夏洛特时的震撼。

那是在阿姆斯特丹。

同样,他也与她不期而遇。

他提到那天他有个重要的约会。

但这个约会随后在他的记忆中凭空消失。

同我走出博物馆时的心情如出一辙。

再也没有什么是重要的。

我的心完全被占据,这种感觉很少出现。

我就像一个被占领的国度。

时间一天一天地过去,没有什么能改变这种感觉。

几年里,我做了许多笔记。

我不停歇地看完她的作品。

我在好几部小说里引用或者提到了夏洛特。

我曾无数次地尝试写这本书。

但要如何写？

我应该在场吗？

我应该把她的故事写成小说吗？

那些久久萦绕在我脑海的念头，该用什么方式来表现？

我提起笔，我尝试着写，然后我又放弃。

我无法写出两个连续的句子。

每写一个字都感觉要停下来。

不可能继续下去。

这是种身体的感觉，一种压迫感。

我感到必须要一行一行地写，才能得以喘息。

于是，我明白了，必须要这样写。

雷声过后，世界变得好干净，他说。
他靠近她，亲吻她。

生活给他甜蜜，有如刀割的甜蜜。
他可以讲话，做梦，歌唱，写作，创作，死亡。
但只有这一刻，所有痛苦都值得。

第四部分

1

如今，夏洛特人生里的重大事件突然降临。

这个事件，是个男人。

没办法准确地说阿尔弗雷德·沃尔夫松是帅还是丑。

有些人的外貌无法被准确描述。

只能说，人们无法从他身上转开视线。

只要他在，大家的眼里就只看得到他。

当我写到他的时候，他正在快速地行走。

他满头大汗地走遍了柏林。

他要照顾生病的母亲，照顾无法工作的妹妹。

钱的问题如何解决？

他是声乐老师,但已经被剥夺了教书的资格。

他只能参加文化联盟。

由库尔特·辛格创立的互助协会。

这是唯一可以帮助他的人。

他一如既往地迟到了,此刻终于走进辛格的办公室。

口里结结巴巴、含混地道着歉。

乱舞着两只手臂。

它们隐没在两条过于宽大的袖子里。

尽管这个亮相如此滑稽,但辛格没有笑。

因为阿尔弗雷德是个杰出的人物。

他性格怪僻,但才华横溢。

他研究出了新的声乐理论。

要找到心底最深处的声音。

婴儿怎么能够哭那么长的时间,

并且完全不会损坏声带?

要找到这股力量的源头。

疯狂寻觅隐藏在我们身上的东西。

这一切或许也和死亡有某种关联。

阿尔弗雷德很讨人喜欢,人们总想帮助他,甚至是拯救他。

库尔特思索着,然后感觉自己似乎想出了办法。

伟大的女歌唱家葆拉·萨洛蒙如今没有老师。

和她合作了很久的那位老师最近放弃了这份工作。

他违心地中止了他们的合作。

他别无选择。

他甚至被威胁,要是他继续和一个犹太人一起工作,

他们的最后一课将是被火海吞没。

他们在楼梯口静悄悄地分别。

几天以后,有人敲门。

应该是库尔特·辛格派来的老师。

很好,他这次很准时。

她打开门,请他进来。

他说:这是我的荣幸。

说时甚至还没有脱掉外套。

甚至还没有问好。

这样的恭维让葆拉很受用。

她越来越少听到称赞。

她几乎不再在公众场合唱歌。

她被剥夺了听到掌声的权利。

但她还是要继续练声。

因为她会回到舞台的,一定一定。

阿尔弗雷德直接走向钢琴。

他走在葆拉前面,就好像已经来过她家一样。

他轻触琴键,到这时才将外套脱下。

他将头转向女主人,直视着她的眼睛。

沉默片刻之后,他开始自言自语。

您应该雇用我,您需要这么做。

您在刚开始登台的时候唱得更好。

成功后您却墨守成规,循规蹈矩。

您的最新一张唱片完全缺乏感情。

我可以诚实地告诉您,里面了无灵魂。

您已经很了不起，但这还不够。

我将让您成为世界上最伟大的女歌唱家。

我的方法是革命性的，您会看到的。

最终，您会听到的。

他就这样说了好久，面对着惊愕不已的葆拉。

他怎么敢？

他怎么能这么滔滔不绝，猛下定论？

不过，他说得不无道理。

葆拉感觉得到，自己的音乐的确变得太守规矩。

发生了什么？

是政治局面的原因吗？

还是因为成功让她变得麻木？

这个男人来是为了帮助她，可她完全乱了阵脚。

很久没有人这样对她狠狠道出如此多真相。

阿尔弗雷德冒了巨大的风险。

他十分需要工作。

这样和她说话太过失礼。

她完全可以将他撵走。

什么时候轮到他来评头论足？

他一边继续说话，一边在客厅踱步。

双手背在后面。

他还停得下来吗？

葆拉想打断他，想说：我明白您的意思了。

她想这么做，但不可能。

阿尔弗雷德好像一下子吐出了几个世纪的话。

这项工作还没交给他，他却已经视作己任。

葆拉明白了，不应该为此生气。

这个男人尽管如此笨拙，但他是为了她好。

他只想要将他的信念教授给她。

她举起手，想让他停下来。

可无济于事，他一直一直地讲。

他讲的东西葆拉并不是全部跟得上。

此刻，他仿佛讲到了巴赫的一则趣闻。

终于，他看到了举起的手。

于是，突然之间，他停了下来。

听了这么久，葆拉感到筋疲力尽。

但她还是撑起力气说：您的课从明天早上开始。

我在十点钟等您。

2

于是，他们开始了密切的来往。

每个早上，他们都坐在钢琴前。

阿尔伯特这时候在照顾病患。

夏洛特在画自己的肖像。

在美术学院，她学习了画自画像。

如今，阿尔弗雷德成了能让葆拉真正开心的人。

他迷人又古怪，无比的博学。

他们一交谈就是好几个小时。

这位老师着迷于俄耳甫斯的神话。

他正在写一本关于这个主题的书。

他总是在思考俄耳甫斯那场穿越黑暗的旅途。

如何从一片混乱中踏上归途？

为了理解这个纠缠着他的念头，我们得从过去讲起。

刚满十八岁，他就来到前线。

他想要逃走，想要消失，但这不可能。

在那个时候，每个男人都是战士。

他面临着最糟糕的境况。

他的敌人是自己的恐惧。

他站在一片大雾里，没有回头路。

所有逃兵都将被枪决。

乌云压在头顶。

倾覆的大地散发着尸体腐朽的气味。

目光所及皆是一片荒芜。

如同奥托·迪克斯，他心想，这一切都是撒旦的作品。

他所在的队伍遇到了一次致命的袭击。

他看着四周受难的躯体。

他自己一定也会死去。

然而,他体内的某种东西在不屈地挣扎。

一定是藏在他内心深处的力量。

他的耳朵生疼。

爆炸的声音震破了他的耳膜。

但他仿佛能听到谁在召唤。

还是垂死者嘶哑的喘气?

阿尔弗雷德睁开眼睛,他活了下来。

他看到身边濒死的战士。

正在乞求他的帮助。

在这一刻,阿尔弗雷德察觉到有人接近。

一群法国士兵向他们走来。

或许是为了搜索活口一并解决。

他不能帮助身旁那人。

他不能。

这不可能。

他应该撒手不管。

由他去死,反正注定会死。

阿尔弗雷德钻到一具尸体下面。

屏住了呼吸。

他这样待了多久?

没法知道。

一支巡逻队将伤员带了回去。

阿尔弗雷德什么都记不得了。

回到柏林,他甚至连母亲都不认识了。

这样的状态持续了一年。

一九一九年对他来说是不存在的年份。

他失去了说话的能力,在疗养院里度日。

身边的人们和他一样,他们的生活都被摧毁。

过去了一月又一月,该从地狱中走出来了。

记住,不要回头,不要像俄耳甫斯一样。

黑暗之中,响起了动听的旋律。

起初,还不大真切。

这是他的声音,他找回了自己的声音。

他开始轻声哼唱。

音乐和生命从未如此紧密相连。

为了求生,阿尔弗雷德投入了歌唱。

正如为了求死,人们投入水中。

3

跟着阿尔弗雷德学习,葆拉感觉自己在不断进步。

她完全听从他的指导。

有时也是任他折磨。

他可以在她唱到一半的时候将她打断。

斥骂她一个节奏没有抓准。

她放声大笑。

他对这份工作如此上心。

该怎么形容他的感觉?

不如说,他觉得自己本就属于这个位置。

有什么东西将他固定在了这里。

实际上,他陷入了爱河。

他给葆拉写了几封激情四溢的信。

请不要这样想。

您喜欢和我在一起,但您不喜欢我。

或许,她说得没错。

他感到快乐,只是因为自己终于找回了活力。

这一天,夏洛特回来得比计划要早。

她想要见见这位传说中的声乐老师。

老师和学生都没有听到她的脚步。

葆拉发出奇怪的尖叫,她的面前是情绪亢奋的阿尔弗雷德。

他举起手臂,就像要触碰天花板。

夏洛特错愕不已。

再来,再来,再来! 阿尔弗雷德大喊。

尖叫的声音太过刺耳。

夏洛特用手捂住了耳朵。

她不敢走到他们面前,也不敢说一声她回来了。

但葆拉突然看到了她,停下了尖叫。

啊,这是我的"小洛特"。

过来宝贝,过来。

到这里来,我给你介绍沃尔夫松先生。

阿尔弗雷德,叫我阿尔弗雷德就可以了。

夏洛特慢慢地走近。

走得那么慢,简直好像在原地踏步。

4

上完课,阿尔弗雷德走进夏洛特的房间。

她正在书桌前画画,看到不速之客时她愣住了。

他仔细地观察着房间的每一个细节。

这么说,你在美术学院学习?

是的。

是的:这是她和这个男人讲的第一个词。

阿尔弗雷德开始不停地发问。

她最喜欢哪些画家?

她有最喜欢的颜色吗?

她喜欢文艺复兴吗?

她支持那些颓废艺术家吗?

她经常去看电影吗?

他讲得太快,没说完上句就接下句。

夏洛特手足无措,都弄不清自己回答的是哪个问题。

被问到有没有看过《大都会》时,她回答"淡紫色"。

葆拉也走进房间。

亲爱的沃尔夫松,别打扰这个孩子了。

我把她当亲生女儿一样看待,不要烦她了。

他没有烦我,夏洛特说。

很少能看到她如此反应。

往常,她总是犹犹豫豫。

在思考和话语间踌躇。

葆拉十分惊讶。

她是嫉妒了吗?

不是,她不爱阿尔弗雷德。

相反,他对夏洛特感兴趣是件好事。

她平时见的人那么少。

她把自己完全封闭在绘画里,有如皈依了一门宗教。

于是,葆拉离开了房间,留两人独处。

阿尔弗雷德细细翻看着夏洛特的画稿。

她感到被恐惧攫住。

她的身体在颤抖,由内而外地颤抖。

您的才华超出一般人。

这句赞美似乎过于轻描淡写。

但夏洛特却备受鼓舞。

这个男人在她的房间里,专心致志地看画。

一幅画吸引了声乐老师的注意力。

您在画中表现的是什么?

灵感来自马蒂亚斯·克劳迪乌斯的一首诗。

那首诗后来出现在舒伯特的乐曲里。

我给《少女与死神》配了插图。

阿尔弗雷德似乎受了震动。

他说:少女与死神,这不就是我们。

夏洛特轻轻地念起少女的歌词：

走开，啊，快走开！

离我远些，冷酷无情的骷髅！

我还年轻，放开我吧！

不要来碰我。

阿尔弗雷德道出死神的回答：

把手伸过来，美丽温柔的姑娘！

我是你的朋友，不是要来惩罚你。

勇敢一些！我并非冷酷无情，

你会在我怀里，安然入眠。

他们沉默了片刻。

然后，阿尔弗雷德一言不发地离开了房间。

夏洛特起身守在窗边。

一分钟后，她看到老师走到街上。

他会回头看她吗?

不,这个念头真蠢。

他应该已经把她忘了。

他来就是问个好。

客气一下。

那他对她的画的态度呢,也是一样吧?

完全出于礼貌。

不过,他看起来很真诚。

她不知道,她什么也不知道了。

透过窗户,她看到他在街上走远。

他没有回头,身影变得越来越小。

她想要看着他的背影,越久越好。

他一边走,一边扭动脑袋。

简直像在和自己对话。

5

从美术学院出来时,夏洛特走得飞快。

芭芭拉想要拉住她,可无济于事。

只剩她一个人走了,她为此感到难过。

往常,夏洛特总是那么好的倾听者。

夏洛特就是她的心事桶。

她总向她讲述自己的事情,还有与克劳斯的那一吻。

但她有种奇怪的感觉。

尽管夏洛特的生活惨淡无光,但自己有时也会感到羡慕。

她的身上有种动人的力量。

是沉默寡言的人独有的魅力吗?

还是来自被排斥者的悲伤力量?

芭芭拉什么都有,独独少了夏洛特的那种特质。

于是,她追了上去。

但夏洛特已经走远。

只要有可能,她都试着与阿尔弗雷德碰面。

要是到得太晚,她就会瘫倒在床上。

从他进她的房间那刻起,她感到自己变得顺从。

顺从于他目光的力量。

她为了他而作画,希望获得他的赞赏。

她觉得自己好傻。

她已经又碰见过他好几次。

但他只是匆匆一笑。

完全没有花时间重新对她产生兴趣。

他的兴趣只持续了一天吗?

或许这一切都合乎逻辑。

一整个国家都把你抛弃,还能怎么指望一个男人?

当她停止想他,阿尔弗雷德却又出现了。

他不请自来,没有敲门就走进房间。

她抬起头来。

我没打扰您吧?

没有没有,我在胡思乱想呢。

我有个提议,他说。

语气严肃,甚至近乎威严。

夏洛特睁大了眼睛。

这件事有些微妙,他开始说。

我写了一点非常……非常私人的东西。

是的,这本书只谈我自己。

我认为作品应该展现其作者。

当然,我完全不反对虚构。

但虚构作品只是为了消遣。

人们需要消遣。

这样他们可以不去看真相。

不过这不重要,听我说。

我们都有一种混乱感。

没有什么比这更重要,你懂吗?

混乱的时机由我们来决定。

当然,死亡的时间也由我们来决定。

我只剩下发疯的自由。

您也是这样,不是吗?

我知道您不会让我失望。

我在您身上寄托了很大的希望。

此刻阿尔弗雷德停顿了一会儿。

不管他要求什么，夏洛特都会照做。

只要他在，每一秒都是充实的。

我希望由你来给我的小说画插图，他终于说。

他突然用"你"来称呼她。

还没有等到答案，他就拿起了自己的包。

拿出一叠写满潦草字迹的纸。

夏洛特轻巧地接过手稿。

快速地浏览了前几行字。

当她抬起头，他已经消失了。

6

夏洛特将阿尔弗雷德的稿子读了好几遍。

她在一个本子上记下书中的关键词。

他提到了在一具尸体下度过的时间。

抛掉一切，也抛不掉那些纠缠的念头。

许多场景仿佛从黑暗中显现。

她在他对恐惧的描述中读出了美。

她自己不是也一直处于惊恐之中吗？

无论在走路，说话，还是呼吸。

她被禁止去公园和游泳池。

整座城市是一片战场。

是一座监狱，而她的血统就是囚徒。

她首先开始画草图。

日日夜夜不停地画。

她自己的人生变得无足轻重。

她多么想要配得上他的信任。

他跟她约定见面。

两个星期以后，在火车站边上的咖啡厅。

他们会瞒着葆拉见面。

这一天到来了，她涂了一点口红。

他会取笑她吗？

会取笑她这么想展现女人味吗？

她最后还是抹掉了口红。

然后又重新画上。

她不知道应该怎么办,

才能让一个男人觉得她漂亮。

从来没有人留意过她。

或者说,她什么也没有留意到。

芭芭拉告诉过她,克劳斯觉得她很漂亮。

实际上,他没有说漂亮。

他说她的脸孔很有力量。

这是什么意思?

对于这个男孩来说,这是句称赞。

他觉得芭芭拉很美,可美得没有个性。

但夏洛特不在乎这些。

她想要的,只是讨阿尔弗雷德喜欢。

她在中央车站边上的咖啡厅等他。

他们不顾法律规定,选择在这里约会。

她坐在那里,盯着大大的时钟。

阿尔弗雷德迟到了。

他忘记了吗?

她弄错日期了吗?

他不可能不来。

他终于来了,比约定时间晚了三十分钟。

他向夏洛特飞快走来。

甚至没有环顾四周搜寻一下。

就好像直觉告诉他,她就在那里。

他一坐下就开始讲话。

或许他的话在此之前已经讲了好一会儿了。

他招招手,要点瓶啤酒。

夏洛特被他的出现搞得晕头转向。

他往右转头,往左转头。

就好像被除她之外的一切吸引。

服务员拿来了他的啤酒,他马上一饮而尽。

一口气就全部喝完。

然后才为他的迟到道歉。

夏洛特说没关系。

但他没有听她讲话。

他开始谈论卡夫卡。

卡夫卡就这样突然闯进对话。

我想告诉你,夏洛特,告诉你我的发现。

卡夫卡的全部作品都基于一种惊讶。

这是他的主题。

如果你好好读他的作品,你会读出惊讶。

对变形的惊讶,对拘捕的惊讶,对自身的惊讶。

夏洛特不知该回答些什么。

她事先准备过要讲的东西,准备过对他作品的分析。

她准备好要谈论阿尔弗雷德的小说。

而不是卡夫卡的。

关于卡夫卡,她完全没有话讲。

幸好,他提出要看画。

夏洛特拿出她的大画夹,里面全是画纸。

阿尔弗雷德对她完成的工作量十分吃惊。

他想,这女孩一定是爱上我了。

他本来会为此感到得意。

但今天,他却怎么也开心不起来。

他的情绪陷入低潮。

时机不对。

他扫了一眼夏洛特的作品。

接着说他没有时间作评论。

他的做法很伤人。

他为什么要这样?

往常的他是那样温柔亲切。

他起身说要走。

经过时将画夹一把拿走。

她甚至都来不及思考自己是否也该起身。

他逃得那么快。

转眼间,他们的见面已经结束。

简直就只是一张约会的草图。

夏洛特孤身一人,精神恍惚。

她摇摇晃晃地走出咖啡厅。

柏林现在好冷。

她应该往哪里去?

她哪里也不认识了。

她的视线变得模糊。

因为她的眼眶里都是泪水。

她简直想从桥上纵身一跃。

死在冰冷的水里。

她的悲伤转化作求死的冲动。

去死,她应该马上去死,越快越好。

突然,她的心头涌上一种奇怪的感觉。

她得知道阿尔弗雷德对自己的画怎么看。

她本可以恨他。

但不。

他的意见比她的生命更加重要。

7

日子一天天过去,没有传来一点消息。

夏洛特不敢问葆拉她的下一堂课是什么时候。

要谨慎地等待。

无论如何,阿尔弗雷德都会回来的。

他最爱走的就是回头路。

终于,他来了。

夏洛特回到家,听到葆拉在唱歌。

她轻手轻脚地穿过客厅,以免打扰他们。

但她走得很慢,慢得足以被他发现。

这一刻的喜悦让她忘掉一切。

她完全忘掉了咖啡厅里的沮丧。

心里面只有与他重逢的狂喜。

年轻又温顺的女孩坐在了自己的床上,满怀希冀。

他推开她房间的门。

就像往常一样,没有敲门。

他们之间没有界线。

我想要道歉,他马上说。

我那天态度太过粗暴。

她想说没关系，可她说不出。

不能对我有任何期待。

你听到我讲话了吗？

夏洛特轻轻地点了点头。

要是催逼我，我什么也给不了。

我没办法承受任何人的期待。

自由是幸存者的座右铭。

阿尔弗雷德伸手抚摸夏洛特的脸颊。

然后说：谢谢。

谢谢你的画。

很幼稚，很粗略，很不完整。

但我喜欢，因为它们预示着一种力量。

我喜欢，因为看着它们的时候，我能听到你的声音。

我还感受到了一种缺失和不确定。

甚至感受到了某种疯狂。

一种温柔顺从、文静礼貌，但实实在在的疯狂。

这就是我想和你说的。

我们有一个美好的开始。

阿尔弗雷德握了握她的手,离开了房间。

他知道夏洛特投入了全部精力。

她第一次应别人的要求作画。

她不是依模画样,而是为作品注入了生命力。

这一刻对这个年轻女孩来说至关重要。

她爱的男人道出了她的疯狂。

方才的经历让她欣喜若狂。

她如今知道了该往哪里去。

知道了该如何躲避仇恨。

可以说她此刻觉得自己是个艺术家了吗?

艺术家。

她重复着这个词。

却不能准确给它下个定义。

不重要。

词语不一定要有明确的含义。

留在各种混杂的感觉里就好。

随它浑浑噩噩游走在模糊地带。

艺术家的特权正是如此：混沌生活，无需定义。

她在房间里转圈圈。

蹦到床上，傻傻大笑。

此刻的她觉得自己的命运妙不可言。

只觉浑身不受任何束缚。

体温也不受束缚。

好像发烧一样。

夏洛特真的发了高烧。

夜里，父亲十分担心。

他测量女儿的体温。

注意到她奇怪的脉搏。

问了她一堆问题。

出门的时候穿少了？

没有。

有没有吃坏肚子？

没有。

你不高兴吗?

没有。

谁欺负你了?

没有,爸爸。

夏洛特要他放心,说自己感觉好点了。

只是一时的不舒服,没事的。

他放下心,亲吻女儿。

发现她一点儿也不烧了。

无论如何,真是件怪事。

他走出了房间,她再也睡不着觉。

只有她知道自己是怎么回事。

8

夏洛特当然高兴得到阿尔弗雷德的夸奖。

但她的希望更加复杂。

在备感振奋之后,她又重新陷入怀疑。

重新贬低自己。

她不相信有人会真的对自己感兴趣。

他一定会意识到她的平庸。

显然会如此。

总有一天，他会擦亮眼睛。

然后放声大笑，戳破这场骗局。

她想要躲回自己的堡垒。

突然之间，曾经感受到的鼓励全部演变成恐惧。

想到要再见到他，她就怕得要命。

再见到他，也许就会让他失望。

然后他会将她抛弃，一定会。

她心中满是煎熬。

满是恐惧。

爱上一个人，是否就是这样？

再见到阿尔弗雷德时，她沉默寡言，没有心情说话。

她的心里塞满了迷茫。

你的周围好像有一道围墙，他说。

于是，他努力引她发笑。

说胡话，说笑话，说傻话。

夏洛特露出一丝微笑。

她的心烦意乱开始得到化解。

好久没有人逗她笑。

几年来，生活惨惨淡淡。

每天晚上，父亲都掩藏着白天受到的屈辱。

葆拉假装期待重返舞台。

期待下一次的旅行。

阿尔弗雷德和他们都不一样。

这个男人仿佛凭空出现。

简直好像没有经历过一九三八这一年。

他再次约她在一家咖啡厅见面。

这是他们第二次违抗禁令。

犹太人被禁止出现在那里，但这无关紧要。

这是个特别的地方。

许多只猫咪在桌子边上穿梭。

轻轻磨蹭客人的腿。

一切就像一场白日梦。

雪茄的烟圈缭绕,更添梦幻。

这里的猫我全认识,阿尔弗雷德说。

我给它们全都取了音乐家的名字。

那是小猫马勒,那是肥猫巴赫。

看维瓦尔第在那儿呼噜噜的。

当然了,还有我的最爱。

我最喜欢的是贝多芬。

你会发现的,它聋得厉害。

你叫叫它,说要喂它牛奶,它不会回头的。

夏洛特有些局促,试着吸引贝多芬的注意。

一点儿办法也没有,它看都不看她。

它眯着眼睛,半睡半醒。

阿尔弗雷德继续谈论着这些音乐家猫咪。

说着说着,就又谈起了舒伯特。

两人再一次提到《少女和死神》。

各自心头，四重奏萦绕。

阿尔弗雷德开始发表长篇大论，讲述这位音乐家的一生。

你知道，舒伯特不怎么擅长与女人打交道。

他身材矮小，相貌丑陋。

作过那么多曲子，却对女人一无所知。

他死时几乎还是个处子。

我们有时能在他的音乐中感受到这一点。

他的那些匈牙利旋律只属于童男。

舒伯特的音乐里没有肉欲。

但他和一个妓女发生过关系。

被传染了不治之症。

他临终的痛苦持续了数年。

可怜的舒伯特，不是吗？

如今有一只猫顶着他的名字。

也算是有了后代。

夏洛特听得晕头转向。

当然,她也在想舒伯特。

但一个更私密的问题让她好奇难耐。

那你呢?

我怎么了?

你,阿尔弗雷德,有过很多女人吗?

女人啊……

是的,我有时也会有。

他是这么回答的。

含糊其辞的回答。

然后突然,他接上话头。

是的,我有过一些女人。

我没法和你说具体数目。

但她们对我来说都很重要。

没有一个是无足轻重的。

一个女人赤身裸体站在我面前。

一个女人向我轻启朱唇。

这可不是随随便便的事。

我尊重她们中间的每一个。

即使只是昙花一现。

9

夏洛特沉浸在约会中,全然忘记了其他的一切。

全然忘记了家人的担忧。

她回家的时候,父亲在客厅等他。

此刻的他是如释重负,还是怒不可遏?

大概两者都有吧。

沉默了片刻,阿尔伯特开始吼叫。

你去哪里了?

你有没有哪怕一刻想到过我们?

想到我们有多担心,多绝望?

夏洛特低下了头。

她知道,在夜里什么事都有可能发生。

要是她被盯上,就有可能被逮捕。

可能被鞭打,被折磨,被强暴,被杀害。

她请求父亲的原谅,但她哭不出来。

只是结结巴巴地说她刚才在胡思乱想，游来荡去。

这是她能想到的第一个借口。

葆拉走近她，想缓和一下气氛。

不要再这样对我们了，她说。

要是想胡思乱想，就在这里想。

夏洛特保证以后会注意。

但这样的生活不属于年轻女人。

她二十一岁，她想要自由。

可她不能有一丝一毫的轻举妄动。

不能有一星半点的心血来潮。

不过说实话，在这个晚上，什么都不再重要。

她很快乐。

她可以在监狱里生活，只要他也在那里。

拥抱父亲的时候，她露出了一丝微笑。

夏洛特的脸上容光焕发。

她努力抑制，才没有放声大笑。

葆拉注视着她,心里满是问号。

这是她第一次见到夏洛特这样。

往常,她总是那么沉默内向。

两分钟前,她还泪水盈眶。

那样真诚地道歉。

此刻却换上了笑脸。

对不起。

对不起,夏洛特重复着抱歉,奔向房间。

葆拉和阿尔伯特相对而视,满腹狐疑。

更确切地说是有些担心。

毕竟,这个家族有精神失常的传统。

10

几天后,他们在万湖碰面。

这是柏林一处奇妙的所在,那里有三座湖泊。

天空乌云密布,人们都已散去。

此刻,这里只有他们两个。

夏洛特终于感到自由。

这一次，她事先告诉了家人：我去芭芭拉家。

他们坐在长椅上，他们本被禁止坐在这里。

他们的身体遮住了告示。

NUR FÜR ARIER：雅利安人专座。

和阿尔弗雷德在一起时，夏洛特觉得自己变得勇敢。

我再也受不了我们这个时代了，她说。

这个时代不会长久的。

离长椅几米开外，坐落着马尔里耶别墅。

他们欣赏着这座美丽优雅的建筑。

一九四二年一月二十日，纳粹高官们将会来到这里，

在莱因哈德·海德里希的组织下召开一次小小的工作会议。

历史学家将其称为万湖会议。

两小时内，与会者精心筹划了犹太人问题的最后解决办法。

落实了犹太人大屠杀的方案。

好，一切都明确了。

先生们工作辛苦了。

该去客厅放松一下了。

那儿有上好的白兰地。

我们可以带着完成工作后的成就感,细细品尝。

今天,与会者在相片中被悉数展示。

他们世世代代地永存,或者说,世世代代都严禁遗忘 。

别墅成了一个纪念地。

在二〇〇四年七月的一个艳阳天,我参观过这里。

当年的恐怖历历在目。

会议的长桌令人胆战心惊。

就好像它们也参与了那场罪行。

这个地方永永远远弥漫着恐怖的气氛。

让人毛骨悚然。

我以前从来都不能理解这个成语。

这是一种身体的感受。

毛发竖起,脊柱发冷。

11

阿尔弗雷德牵起夏洛特的手。

我们去坐船。

可看样子是要下雨,她说。

所以呢?

在如今的德国,下点雨算得了什么呢。

他们坐上小船。

任由小船沿着湖岸漂流。

天转阴了,天地之间一片昏暗。

夏洛特平躺下来。

她感受着湖水的流动,心中越发喜悦。

她可以一直这样随波逐流。

她的姿势让阿尔弗雷德想起米开朗基罗的一个作品。

那座雕塑叫作《夜》。

就在这里,完美地,在他眼前。

雷雨开始隆隆作响。

雷声过后,世界变得好干净,他说。

他靠近她，亲吻她。

两人沉醉在拥吻中，听不到别的声音。

有人在喊他们上岸。

他们在倾盆大雨里如痴如狂。

终于，他们回到了现实。

船舱里溢满了水。

得赶快回到岸上。

夏洛特尽力用手舀水出去。

阿尔弗雷德奋力划桨。

他们幸运地抵达了湖岸。

一边下船一边大笑。

不顾租船人惊惶的目光。

他们奔跑着离开了公园。

在滂沱大雨里，像两个逃兵。

12

她同意去他家。

两人浑身湿透,走进他脏乱的房间。

装饰简陋至极。

地上堆着一摞摞的书。

他让她脱下衣服,免得感冒。

她不假思索地依言照做。

她本以为自己会害怕,但事实正相反。

她的勇气和欲望同样炽热。

他轻喃着: 夏洛特。

重复了一遍又一遍。

她喜欢自己的名字从他的口中说出。

又是一声,夏洛特。

她浑身赤裸,站在他面前。

他吻遍她的身体。

由上至下,有如最温柔的酷刑。

他的吻疯狂激烈,但却那样准确。

只是亲吻,已似云雨。

夏洛特挺起身子,无力自持地呻吟着。

阿尔弗雷德,亲爱的。

他也脱下衣服。

两人去到床上。

马上进入了另一个世界。

毫无过渡。

起先有些踌躇,但很快变得坚定。

他们的身体相互纠缠,狠狠占有。

在彼此身上留下欲望的噬印。

他注视着眼前赤裸的年轻女人,她将自己交付给他。

生活给他甜蜜,有如刀割的甜蜜。

他可以讲话,做梦,歌唱,写作,创造,死亡。

但只有这一刻,所有痛苦都值得。

这蒙着无辜面纱的有罪的时刻。

剩下的一切都不再重要。

阿尔弗雷德懂得这一点。

因为他是一个艺术家,也因为他是一个男人。

越来越激烈,有如狂风骤雨。

夏洛特的身体开始颤抖。

她的脸上出现一道影子。

那是她的过去在仓皇逃走。

当下太过浓烈,过去不再有容身之地。

她完全交出自己,越来越坚定有力。

她的幸福弥漫在空气里。

她被迫要在回忆里筛选。

挑哪本书？

哪幅画？

她终于决定带一张葆拉的唱片。

一张她十分喜爱的《卡门》。

可以让她回想起那段快乐时光。

第五部分

1

同样在一九三八这一年，一切都将分崩离析。

夏洛特最后的希望都将破灭。

可怕的屈辱正等待着她。

每个春天，高等美术学院都会组织一次比赛。

学生们要根据规定的题目作画。

届时会颁发奖项，进行表彰。

这是一年之中的荣耀时刻。

路德维希·巴特宁对夏洛特越来越欣赏。

他很庆幸自己曾为录取她而努力争取。

几个月来，她进步飞速。

她的进步不在于技巧上的改善。

自然,她的画作变得更细腻明晰。

但他被自己的得意弟子身上的那种自在所打动。

她将每次习作当做自己的风格练习。

特别,奇异,诗意,狂热……

她的画作展现的是她自己。

她的力量并不是迎面袭来。

她的独特之处隐藏在某处,色彩之后。

路德维希的目光完全被她所吸引。

他好多年来都没有见过这样的画作。

除了他,没有人知道。

他的学生中出了个天才。

比赛以匿名方式展开。

作品获奖之时,作者才会被揭晓。

老师们围坐在一张桌子边。

他们会协商一致,选出一幅画。

这一次,评议很快就有了答案。

这是个激动人心的时刻。

每个人都作出自己的推测。

他们提出了几个可能的名字。

但实际上,没有人能完全确定。

获胜者在画中不留一丝痕迹。

没有人能认出这幅画出自哪位学生之手。

到了揭晓作画者的时刻。

在画的边上,有一个信封。

一位老师打开信封,却没有说话。

其他老师纷纷凑了过来:所以是?

他注视着同事们,看起来似乎在制造某种悬念。

然后,他语气平淡地宣布。

获得第一名的是夏洛特·萨洛蒙。

不安的气氛立即在他们之中弥漫。

她不能得这个奖。

颁奖仪式太受瞩目。

人们会谈论犹太势力侵入了学校。

获奖者也会受到过分关注。

她会马上成为众矢之的。

甚至可能受到牢狱之灾。

路德维希·巴特宁明白形势的严峻。

有人提出：要是我们再投一次票呢？

不，这太不公平。

她的奖项可以被取消，但她的胜利不能被剥夺。

夏洛特勇敢的捍卫者这样说。

他竭尽全力为她抗争。

他对夏洛特的支持很可能对自己十分不利。

大家都看在眼里，这世上没有不透风的墙。

他的勇气得到了回报。

奖项最终被宣布有效。

一小时后，他在大厅等夏洛特。

他向她招招手。

她迈着惯有的小心翼翼的步伐走向他。

他不知道从何说起。

本应是件开心的事。

他的脸上却写满委顿。

终于,他宣布她是获奖者,

但不等她表达自己的喜悦。

他就告诉她老师们的决定。

她不可以去领奖。

夏洛特被两种相反的情绪拉扯。

又快乐又痛苦。

她同意自己不应抛头露面。

两年来,她活在阴影之中。

但在此刻,一切显得那么不公平。

他解释说,得到奖励的会是她的作品。

但会有其他人去领奖。

谁? 夏洛特问。

我不知道,路德维希回答。

芭芭拉。

夏洛特提议。

芭芭拉。

芭芭拉，你确定吗？他问。

当然。

为什么是她？

她已经拥有一切，自然应该锦上添花，夏洛特回答。

三天之后，芭芭拉登上领奖台。

三天里，夏洛特的眼泪流个不停。

金发的领奖者始终面带微笑。

她领取了这不属于她的奖项。

丝毫没有为此感到尴尬。

她似乎真的把自己当成了优胜者。

她感谢了父母和朋友。

她还应该感谢自己的祖国，夏洛特想。

蒙受屈辱的女孩静静看着这场闹剧。

在仪式中间，她悄悄溜走。

路德维希注视着她的离开。

他想要拉住她,想要给她鼓励。

但她走得那么快。

在走出学校那一刻,

她正好听到掌声响起。

她跑回了家。

一回到房间里,她就坐在床上一动不动。

然后起身,将她的画作揉成团。

还撕碎了其中的几幅。

葆拉听到声音,走了过来。

你在干什么?

发生了什么事?

我再也不回美术学院了,她冷冰冰地说。

2

夏洛特成天呆坐在床上,

心里想的全是阿尔弗雷德。

全部都是他。

之后，她开始一遍遍画他的肖像。

为她的爱人画了几百张像。

他讲过的每句话每个词她都记得。

那一夜后，他再次消失。

杳无音讯。

也不再给夏洛特的继母上课。

夏洛特知道，自己应该接受他的沉默。

永远都不要对我有任何期待，他这样说过。

但这太难了。

她做不到。

她穿戴整齐，准备出门。

她告诉继母，她要去探望一个朋友。

在夜里出门是很危险的。

她很有可能遭到拘禁。

但也用不着那么如履薄冰。

有时给个微笑，就不用出示证件。

要是长得像个雅利安人，那就更没问题。

夏洛特就是如此。

她褐色头发的发色很浅，眼睛的颜色也一样浅。

要是没有这身坏血统，她会活得自由自在。

她在黑夜里行走着。

直到走到他家楼下。

她藏身在阴影里，心潮澎湃。

她不想上楼，只想看到他。

而且她知道，要是自己步步紧逼，他不会原谅她的。

她答应过不会这样。

会充分尊重他的自由。

但他为什么不联系她呢？

或许他撒谎了？

那一夜其实很糟糕，令人失望。

但他不敢告诉她。

一定是这样。

只能是这样。

或许他连她的名字都忘了。

尽管他曾那样不停地唤着她：夏洛特。

就在这一刻，她透过窗户看到了他。

只是看到了他的影子，她就开始心猿意马。

房间被烛光照亮。

阿尔弗雷德的身影摇曳，出现又消失。

眼前的现实如梦似幻。

这时，一个侧影打断了美梦。

仿佛有一个女人在客厅里走动。

她在执着地寻找着什么东西。

然后，突然之间，她投入阿尔弗雷德怀中。

夏洛特屏住了呼吸。

然而，她心里明白，阿尔弗雷德是自由的。

他从来没有承诺过自己只属于她。

他们不是情侣。

他们只是例外。

又下雨了。

总是这样,他们一靠近,就开始下雨。

为了他们的见面,天空也换上了乌云的布景。

夏洛特无法动弹,无法跑开去躲雨。

阿尔弗雷德看起来十分生气。

他一把抓住女人的手臂,

把她送到门口。

他们现在已经出门了,就离夏洛特几米远。

那女孩在苦苦哀求,但哀求些什么?

她一定是在说,这么大的雨不可能出门。

阿尔弗雷德坚持己见,粗暴地推着她。

她垂着头,终于屈服。

他一动不动,大约是松了一口气。

过了一会儿,阿尔弗雷德转过头。

看到了夏洛特。

他让她过去。

她慢慢地穿过空无一人的街道。

你在这里干什么？他冷冷地问。

答案早已写在他的心里。

我想见你，我没有你的消息。

我本来应该给你写信的，不应该这么急的。

他犹豫片刻，叫她上楼。

夏洛特的心怦怦直跳。

她将要回到他的国度。

踩上那间破旧房间的地板。

或许，他还会和她做爱。

此刻，她坐在椅子边沿。

尴尬得手足无措。

她为自己违背了约定道歉。

她能感觉到，他很生气。

她就不应该来。

一切都结束了，都是她的错。

她生来就是为了扫兴。

那她为什么还要问，为什么要把自己逼入绝境？

那个女人是?

不要问我问题,夏洛特。

永远都不要,知道了吗?

永远都不要。

不过这一次,我回答你。

那是我的未婚妻。

她来拿东西,就是这样。

她看起来很痛苦,夏洛特说。

所以呢?

别人的痛苦也归我管吗?

过了一会儿,他又补充说:再也别这样了。

别怎么样?

别来,别这样来。

你要是逼我太紧,就会失去我。

对不起,对不起,她不断道歉。

可又鼓起勇气问,那,你爱她吗?

爱谁?

呃,那个女人……

什么都别问我。

我没有时间上演这种戏码。

你只用知道,我们已经分手了。

她只是过来拿一本忘在这里的书。

但就算刚刚我还跟她在一起,也不会改变什么。

夏洛特不是很明白他说的话。

但这不重要。

她只知道她在这里,和他在一起,感到很舒服,

这种感觉,一生能经历几次?

至多一两次,然后再也不会有。

她冷得发抖。

冷得上下牙齿打架。

终于,他靠近了她,来温暖她。

3

他的缄默到底是因为什么?

再见到她,他看起来心醉神迷。

但他只是久久地凝视着她。

就像费尽周折才在此刻与她重逢。

这一切难以理解。

夏洛特苦思冥想也没有答案

不过想太多也没用。

她只想委身于他。

这次比上次更加激烈。

他爱得猛烈,用力拉扯着她的头发。

夏洛特的双唇轻启。

游走在爱人的胸膛。

她是如此倾尽全力地取悦他,他不禁感动。

此刻的她已至迷醉。

迷蒙地呢喃着对欢悦的渴求。

她仿佛那般懂得讨他欢心。

夏洛特心满意足地睡去。

他还在注视着她,注视着狂野平息后的孩子。

就为了这一刻,他也要活下去。

阿尔弗雷德将脸埋在夏洛特的头发里。

他的脑中浮现出一幅画面。

一幅蒙克的画：

《吸血鬼》，埋在女人头发里的男人的脸。

他这样待了一会儿，然后起床。

他走向书桌，开始写作。

他写下诗行，或者说只是些零散的句子。

写了好几页纸，灵感都来自身边的美人。

夏洛特醒来了。

难道她也听到了爱人的如潮心事吗？

她走近，看到他写下的文字。

阿尔弗雷德说：这是为你写的。

你一边读，一边要想象耳边有舒伯特的音乐。

好的，好的，她说，《即兴曲》的旋律在她心中响起。

她开始阅读，字字扑面而来。

文字并不总是如此亲近读者。

特别是阿尔弗雷德的文字，那样充满力量，那样桀骜不驯。

夏洛特在心里默默为每一句话划上着重线。

他谈到她,谈到自己,谈到他们的小小世界。

如同舒伯特的《降 G 大调即兴曲》。

他们离群索居,过着降调的生活。

但又分明那样热烈,谱写着大调的旋律。

她想要拿走一张纸,但阿尔弗雷德阻止了她。

他一把抢走所有纸张。

全部丢进火里。

夏洛特尖叫。

为什么?!

这么突然。

他一定写了好几个小时。

可一秒之间全部化作灰烬。

她哭了。

她好绝望。

从来没有人给她写过这些。

现在什么都没有了。

他抱住她。

他说，那些文字还在，永远都会在。

看不见，摸不着。

但永远都会留在我们的回忆里。

和舒伯特的音乐在一起。

那音乐不在耳边，而在心中。

他继续向她解释这一举动里蕴藏的美。

关键是这些词句曾被写出来过。

剩下的再也不重要。

我们不能再给那些恶狗留证据。

要在我们心里收好书本和回忆。

4

在同一时刻的法国，一个男人从床上起来。

他观察着房间里镜中的自己。

他已经很久都认不出自己了。

他只能勉强念出自己的名字：赫舍·格林斯潘。

这个十七岁的波兰裔犹太人被迫背井离乡,来到巴黎生活。

他刚收到一封妹妹寄来的信,信里满是绝望。

他们全家都被驱逐出境。

事先毫无预警,他们突然就被迫离开祖国。

他们来到一家难民营。

许久以来,格林斯潘的生活中只剩下无尽的屈辱。

我活得像只老鼠,他这样想。

于是,在一九三八年十一月七日的这个早上,他写道:

我要抗议,要让全世界听到我的呐喊。

他带着一支手枪,进入了德国大使馆。

他借口与一位秘书有约,来到了他的办公室里。

事后,有人说这是一场报复。

是一场风流韵事酿成的惨剧。

原因真的重要吗?

在此刻,一切只关乎仇恨。

三等秘书恩斯特·冯·拉特面色惨白,

眼前的年轻人显然已下定决心。

然而,要动手的那一方却颤抖着。

他的双手被汗水浸湿。

这一幕仿佛会永远拖延下去。

但并没有。

现在他开了枪。

枪口顶着德国人。

连续好几枪。

秘书的脑袋撞上了办公桌。

太阳穴裂开一道缝。

鲜血流在地板上。

在枪手的身旁蔓延成一片血泊。

几位军官闯进了办公室。

而杀手并没有试图逃走。

消息很快在柏林传开。

元首大发雷霆。

要立即开始报仇。

他怎么敢?

要迅速镇压蟊贼。

哦不。

不是镇压他一个人。

而是所有的人。

这是一个种族。

不断扩张的种族。

杀死拉特的是全体犹太人。

他的狂怒之中掺杂着喜悦。

复仇的喜悦。

行动全面展开。

"水晶之夜"拉开了帷幕。

从一九三八年十一月九日到十日。

纳粹的追随者们亵渎犹太人的墓地。

损毁他们的财产。

数千家商店被洗劫一空。

商品全部遭到劫掠。

暴徒们焚烧犹太教堂，还逼迫犹太人在烈火前唱歌。

然后把他们的胡子也烧掉。

还有些犹太人在剧院的舞台上被打死。

在那里,尸体如废品般堆积如山。

成千上万的犹太人被关进集中营。

成千上万。

夏洛特的父亲也是其中之一。

5

萨洛蒙一家正在安静地用餐。

有人敲门。

夏洛特看着父亲。

每个声音都是一次威胁。

没有别的可能。

大家坐在桌旁。

被恐惧占据,动弹不得。

敲门声又重新响起。

声音变得更加尖锐。

必须得做些什么。

不然,他们会强行进入。

阿尔伯特终于起身。

两个穿着深色制服的人出现在门口。

阿尔伯特·萨洛蒙?

是的。

请跟我们走。

去哪儿?

不要问问题。

我可以带点东西吗?

没必要,赶快走。

葆拉想要插话。

阿尔伯特示意她别说话。

最好不要引发事端。

一旦有一丝不愉快,他们就会开枪。

他们要的只有他,事已至此。

多半是为了审问。

不会持续太久的。

他们会发现的,他是个战争英雄。

他为德意志洒下过鲜血。

阿尔伯特穿上外套,戴上帽子。

回过身拥吻妻子和女儿。

不要拖拉!

他的吻迅速而短暂,点到为止。

他离开家门,再也没有回头。

夏洛特和葆拉紧拥着彼此。

她们不知道他们为什么带走他。

不知道他们要将他带往何处。

也不知道他要走多久。

她们什么也不知道。

卡夫卡在《审判》里写过这一幕。

主人公约瑟夫·K被毫无缘由地逮捕。

如同阿尔伯特,他也选择不抵抗。

司法面前,唯有对现状逆来顺受。

就是这样。

这就是现状。

人不可能与现状相对抗。

但这现状会维持至何时？

事态的发展似乎不可逆转。

一切已写在了小说里。

约瑟夫·K会像条狗一般死去。

仿佛连死亡也无法结束他的耻辱。

6

没有得到任何解释，阿尔伯特就被关进了萨克豪森集中营。

那是位于柏林北边的一个集中营。

他被关押在一间狭小的房间，房里还住着其他人。

阿尔伯特认识其中的几位。

大家彼此安慰。

重新上演强作乐观的可怜戏码。

但不再有人真的相信。

如今的事态已不可控制。

他们被关在这里，没吃没喝，自生自灭。

为什么没有人来看他们?

他们怎么能被自己的同胞如此对待?

过去了不知道多少个小时,军官们突然到来。

他们打开木棚。

几声抗议响起。

抗议者立即被带走。

被拖到集中营的另外一个角落。

再也没有人见过他们。

囚犯们得知,他们将受到审问。

他们要排成一列长队。

站在严寒之中,连等好几个小时。

有些人年纪太大,或是太过病弱,受不了这样的折磨。

倒下的人被运到了别处。

同样,再也没有人见过他们。

此时的纳粹还没有在光天化日之下处决犹太人。

抗议者和弱者都被带到后院处理。

阿尔伯特属于仍保持着尊严的那群人。

是的,他们坚持着自己的尊严。

可以感觉得到,他们不愿再显露痛苦。

他们所能拥有的仅止于此。

在一无所有的时候。

只剩挺直腰杆的愿望。

轮到他了。

他的面前是一个年轻人,年纪小得可以当他儿子。

你是医生,他噗嗤一笑。

是的。

一点儿也不奇怪,完全是属于犹太人的行当。

在这里,你就不能再整天无所事事了,你这肮脏的懒鬼!

他,居然被当成是个懒鬼?

他像苦工般兢兢业业地工作了半辈子。

只为了医学的进步。

这个没教养的小子能免遭溃疡之苦,还不全是他的功劳。

阿尔伯特垂下眼睛,眼前的一切实在难以承受。

看着我! 年轻的纳粹吼道。

我跟你说话的时候看着我,你这蠢贼!

阿尔伯特重新抬起头,活像个牵线木偶。

接过递来的纸张。

上面是自己的宿舍号和登记号。

他不再配拥有名字。

开始的几天过得苦不堪言。

阿尔伯特不习惯干体力活。

他精疲力尽,但他知道必须坚持下去。

倒下去,就可能意味着离去。

去那个一去就再不能返的地方。

疲惫让他的思维变得迟钝。

有时,他的脑中甚至一片空白。

不知道自己在哪里,自己是谁。

就像突然从噩梦中惊醒一样。

需要几秒钟才能重新回到现实里。

阿尔伯特长久地处于这种状态。

意识模糊的状态。

夏洛特和葆拉同样疲惫不堪。

但她们的疲惫是因为过于清醒。

音讯全无，万箭穿心。

就像别的女人一样，她们奔走在各个警察局。

楼底下挤满了抗议的女人。

我们的丈夫在哪里？

我们的父亲在哪里？

她们苦苦哀求，只为获得只言片语的消息。

只为求得一丝他们还活着的证据。

夏洛特想办法进入了一间办公室。

她带了一条厚实的毯子。

我想把它带给我的父亲，她恳求道。

军官们努力不让自己笑出来。

他叫什么？一个纳粹军官终于问道。

阿尔伯特·萨洛蒙。

好的，你可以走了，留给我们就行了。

但我想拿去给他，求求你们了。

不可能。

现在不允许任何探访。

夏洛特知道她不应该再坚持。

为了让毯子能到父亲手中,她应该选择闭上嘴。

她安静地离开。

几秒之后,军官们开始嬉笑。

哦,多可爱啊!

一个犹太小女孩,想要照顾她亲爱的爸爸。

啊哈……他们爆发出阵阵大笑。

一边笑,一边用毯子擦他们靴子上的污泥。

7

好几个星期过去了。

大家听到了关于被拘押者最糟糕的传闻。

大家谈论着有人死亡的传言。

葆拉和夏洛特还是没有收到任何音讯。

阿尔伯特还活着吗?

女歌唱家尝试了一切方法来营救丈夫。

她还有几个身居高位的纳粹仰慕者。

他们会去看看能帮上些什么。

情况很复杂,没有一个人被释放。

请您帮帮忙,求您了。

她不住地哀求着。

等待的难熬日子里,阿尔弗雷德一直在。

他尽力使她们开心。

葆拉一转过身,他就将夏洛特拥入怀里。

但他自己心里也充满了焦虑。

首先逮捕的是精英阶层。

知识分子,艺术家,老师,医生。

但很快,矛头也会对准那些一无所有的人。

到时候,首当其冲的就会是他。

所有人都在试图逃离。

但逃去哪里?

如何逃?

边境已然严锁。

只有夏洛特能离开。

二十二岁之前,还有可能离开。

出境时还不需要护照。

还剩几个月的时间。

外祖父母得知了最近发生的事件。

在信中,他们恳求夏洛特去与他们同住。

我们在法国的南部,这里是天堂。

她不能再留在德国。

太危险了。

葆拉同意他们的想法。

但夏洛特不想就这样离开。

不想就这样,还没再见到父亲一眼。

其实,这是个借口。

她心意已定。

她永远都不会离开。

原因很简单:她永远都不会离开阿尔弗雷德。

葆拉的努力终于得到回报。

四个月之后,阿尔伯特从集中营中被释放。

他回到了家,但已不再是原来的那个他。

他瘦骨嶙峋,神色惶恐,直直躺在床上。

葆拉拉上窗帘,任他睡去。

夏洛特震惊不已。

她在他身边守了好几个小时。

拼命挣扎,不让自己陷入绝望。

父亲的呼吸困难让她很是担心。

照看着他的时候,她有一种奇怪的感觉。

感觉自己能在死神面前保护他。

渐渐地,他恢复了精力。

但还是几乎一言不发。

曾那样喜欢熬夜工作的他。

如今一整天一整天地睡觉。

一个早上,睁开眼睛的时候,他呼唤妻子。

葆拉立即过来。

怎么了,亲爱的?

他张开嘴巴，可发不出声音。

他说不出想要说的话。

终于，他艰难地发出一个声音，那是一个名字：夏洛特……

夏洛特怎么了？

夏洛特……她应该……离开。

葆拉知道，他说这话时心里有多难受。

他从未像现在这样需要女儿在他身旁。

但如今他知道，已经没有任何希望。

他曾亲身经历了黑暗。

必须要逃离，马上逃离。

只要还有一线可能。

8

夏洛特自然拒绝了。

她不想走，她不能走。

大家坚持着，已经没有时间可以浪费了。

不，我不想抛下你们，她重复说。

一拿到假证件，我们就去找你，他们承诺道。

不,我不想,不,我不想。

葆拉和阿尔伯特无法理解。

只有阿尔弗雷德知道真相。

他觉得她的态度极端荒谬。

任何爱情都不值得冒死亡的风险,他想。

眼前,在这里等待他们的只有死亡。

夏洛特听不进去。

她一意孤行,感情用事。

她不断重复:我不能离开你。

这样的痛苦太过残忍,你要明白我多爱你。

他握起她的手。

他当然明白。

他爱她激动狂热的性子。

她的爱情那么美好,可以战胜恐惧。

但如今这些都变得不再重要。

他别无选择,只能威胁她。

你要是不走,我就不会再见你。

她那么了解阿尔弗雷德。

这些话不会只是说说。

要是她不逃走，他就会在她的生活里消失。

这是她唯一听得进去的要挟。

他也许诺，会去法国南部找她。

但你要怎么办呢？

我也有关系，他要她放心。

如何相信他？

她已心力交瘁。

她不愿离开她的生活。

她在这里出生。

她为什么要承受这样的折磨？

她宁愿死，也不想离开。

她认真地这样想。

父亲要见她。

他无力地握起她的手。

重复着：你一定要离开，我求求你。

一颗泪珠滑下眼眶。

这是她第一次看到父亲哭泣。

他的眼泪模糊了整个世界。

夏洛特拿出手帕,擦干他的眼泪。

阿尔伯特突然想起了弗朗西丝卡。

这一幕让他想起了他们的相遇。

他在战地边上做手术时。

她也曾递上手帕,为他擦去鼻涕。

两个场景在他脑海中相互交织回响。

同一个动作将母亲和女儿重新联结在一起。

他明白了,一切终于划上句点。

通过这个动作,夏洛特告诉了他,她同意离开。

9

逃离行动需要一整套的操作程序。

葆拉让外祖父母写内容虚假的明信片。

在上面可以读到,外祖母奄奄一息。

她病入膏肓,想要再见到外孙女。

带着这份证据,夏洛特去到法国领事馆。

拿到了为期几天的签证。

她手上的证件文书合乎法规。

她无意识地度过了最后的几个小时。

一动不动地对着行李箱。

一个小小的行李箱,可以证明她只是短期旅行。

她只能带这么少的东西。

她被迫要在回忆里筛选。

挑哪本书?

哪幅画?

她终于决定带一张葆拉的唱片。

一张她十分喜爱的《卡门》。

可以让她回想起那段快乐时光。

她独自一人去墓地和母亲告别。

在好几个月里,她都曾相信母亲变成了天使。

想象她带着梦想的翅膀。

在柏林的上空飞翔。

如今，一切都破灭了。

夏洛特终于直面现实。

天上空空荡荡。

母亲的身体在这里腐烂。

这座坟墓里埋葬着她的骸骨。

她还能记得母亲的温暖吗?

母亲曾抱着她。

为她唱着歌谣。

不,那一切似乎都不曾存在。

除了她最初的那些回忆,发生在这个地方的回忆。

她曾在姨母的墓碑上读到自己的名字。

夏洛特,第一个夏洛特。

如今两姐妹永远都不再分离。

她在两座墓碑前各放了一朵白玫瑰。

然后离开。

在父亲面前,她泣不成声。

他太过虚弱,没法送她去车站。

他们相互安慰,告诉彼此：很快再见。

很快,他们就会重逢。

很快,一切都会好起来。

父亲总是那么矜持。

不习惯太多的柔情。

但这一天,他疯狂地呼吸着女儿的气息。

就像要收藏一件珍宝。

保存在他体内,越久越好。

夏洛特久久地拥吻父亲。

在他脸上留下一道痕迹。

不是口红的颜色。

而是吻得太深的印记。

10

在站台上,众多警官来回巡逻。

夏洛特的身边是葆拉和阿尔弗雷德,

她此时应该掩藏自己的情绪。

太过深情的流露会吸引别人的目光。

他们会来审问这三人。

这个年轻女孩为什么要这样哭泣?

她只走一个星期,不是吗?

不能这样,不能将计划置于险地。

要保持庄重,挺直胸膛。

尽管撕心裂肺,面上也要强装无事。

夏洛特多想呐喊出她的痛苦。

她实在无法忍受。

她离开了她的一切。

父亲,葆拉,母亲的墓。

她离开了她的回忆,她的生活,她的童年。

尤其是离开了他。

她亲爱的,唯一的,爱人。

他是她眼中的全部。

她的爱人,她的灵魂。

阿尔弗雷德艰难地隐藏着自己的情绪。

他往常总是那样健谈，此刻却保持沉默。

他从未有过这样的感受，因此无法将其道出。

火车喷出的烟雾笼罩着眼前的场景。

站台从来没有如此像一道海岸。

俨然是这最终一刻的完美背景。

阿尔弗雷德贴近夏洛特的耳边。

她以为他会说：我爱你。

但不是。

他低声说了一句更加重要的话。

她在之后会不断回想起这句话。

在心中久久重温。

永远都不要忘记，我相信你。

第六部分

1

夏洛特注视着慢慢缩小的站台。

头伸在窗外,任凭风吹。

车厢里响起一个冷冰冰的声音。

小姐,您能关上窗吗?

夏洛特依言照做,坐回自己的位置。

她看着疾驰而过的风景,抑制着自己的眼泪。

几个乘客试图和她谈话,她迅速地回答了。

只为让对话陷入僵局。

别人大约会觉得她不礼貌,甚至很傲慢。

但别人怎么想无所谓。

都无所谓了。

在法国边境,有人检查证件。

她被问到这趟旅行的原因。

我要去看我生病的外婆。

边境官向她露出灿烂的微笑。

假装成一个可爱的雅利安女孩并不困难。

扮成那个她,一切就变得无比美好。

在那个世界里,没有侮辱和唾弃。

那是芭芭拉的世界。

大家都爱你,都优待你,都给你奖赏。

加油,他甚至这样对她说。

火车到达巴黎。

她不禁沉醉了片刻,心中涌上由衷的赞叹。

赞叹这个名字: 巴黎。

赞叹法国许诺的愿景。

但她必须奔跑,才不会错过下一班火车。

她正好赶上了车。

又一次,人们尝试和她交谈。

但她表示自己听不懂。

这就是身处国外的好处。

一旦知道你语言不通。

就不再有人和你讲话。

火车穿过片片田野,眼前的美景让她沉醉。

这个国家的色彩更加丰富,她想。

她知道许多画家都走过这条路。

来寻找法国南部的阳光。

寻找这迷人的金黄色的阳光。

她也会有同样的感受吗?

她感到眼前一阵阵发黑。

这时,她的肚子开始作痛。

她惊讶于自己身体的苏醒。

要是能感到饥饿,那么她正经历的一切就是真实的。

邻座的女人递给她一个苹果。

饿晕了的她立即扑了上去。

连苹果核都吃得干干净净。

女人十分讶异。

她没想到对方会有这样的食欲。

她现在几乎有些害怕夏洛特。

只因为她将苹果吃得太快。

到了尼斯，夏洛特去售票口询问路线。

她拿出自己携带的文件：滨海自由城。

人们指给她一辆大巴，她上车坐到了前排。

她害怕迷路，害怕不能在正确的地点下车。

她又一次向司机出示了自己的文件。

三十分钟后，司机示意她已到站。

她下车时用法语说：谢谢。

一个人时，她又不断重复：谢谢。

说另一种语言的感觉十分愉悦。

尤其是当她自己的语言已被毁灭的时候。

背井离乡，不只关乎地理。

这一声谢谢庇护了她。

她又向一个女人问路。

这个女人熟知奥蒂丽·摩尔的住所。

每一位这里的居民都知道。

富有的美国女人在这一带十分有名。

她收留了许多孤儿。

供他们上舞蹈课,甚至还有杂技课。

夏洛特只需沿着蜿蜒的道路走。

很容易就能找到那里。

头顶着大太阳,脚走着上坡路。

这是这场漫长旅行的最后一关。

很快,她就能拥抱外祖父母。

她没能提前告诉他们到达日期。

她的出现将是个惊喜。

她这么久没见到他们了。

他们变了很多吗?

应该是他们认不出她来了。

他们离开时,她还是个少女,如今她已是个年轻的女人。

尽管心中仍有悲伤,她的兴奋也难以按捺。

她终于来到了桃源别墅。

这是座位于山顶的豪华住宅。

有着天堂一般的美丽花园。

透过树丛,她看见奔跑的孩子们。

听到他们的欢笑声。

夏洛特迟迟按不下门铃。

在这里等待着她的是崭新的生活。

只要跨过几米。

这个陌生的世界就会向她展开。

莫名有什么力量阻拦着她。

这股力量来自背后。

她几乎觉得有人在叫她。

她被拉扯得转过身去。

只见地中海浩浩荡荡,壮丽无边。

夏洛特从来没有见过这样的美景。

2

几分钟后,她来到了花园中。

一群孩子围在她的身旁,热烈欢迎她的到来。

奥蒂丽·摩尔叫他们安静下来。

要让夏洛特好好休息,她累坏了。

女厨师维多利亚·布拉维给她准备了一杯柠檬水。

在一片欢天喜地中,外祖父母静静地站着。

外祖母的眼眶泛着泪光。

夏洛特在簇拥中感到快要喘不过气来。

她不习惯回答这么多问题。

一路顺利吗?

她还好吗?

那她的父母呢?

那德国呢?

她结结巴巴地说她不知道。

两天来她几乎没有讲过话。

并且,她是那样地缺乏安全感。

在众人的注视下，更是倍感焦虑。

有个念头尤其让她心里不安。

独自来到这里，她感到愧疚。

奥蒂丽感受到了她的心神不宁。

过来，夏洛特，我带你去看你的房间。

她们在大家惊讶的目光下离开了花园。

她总是这样忧郁，外祖父总结说。

然后又说：和她妈妈一模一样。

外祖母责怪地看了他一眼。

这是她最不想听到的话。

她不愿去多想这句话意味着什么。

然而，他是对的。

事实太过明显，她不禁感到震惊。

夏洛特长得与弗朗西丝卡惊人地相像。

自然像在五官，但也像在神态。

她们都拥有一种忧伤的气质。

这样的相像本来值得高兴，可事实却非如此。

甚至有一丝恐惧爬上他们心头。

3

夏洛特睡了好久。

她在半夜醒来。

在来这里的第一个夜晚里,她光着脚在公园里散步。

她身穿一条白色睡袍,感受到久违的自由。

天空是浅蓝色的,星星一闪一闪。

她触摸着树木,呼吸花朵的气息。

然后,她平躺在草丛上。

在浩瀚宇宙里,她看到了阿尔弗雷德的脸。

他的嘴里飘着云朵。

她任由欲望将自己侵袭。

一天天地过去,夏洛特还是那样少言寡语。

大家觉得她十分内向。

孩子们给她起了个外号:默儿。

他们想要和她一起玩。

可她只愿意给他们画像。

奥蒂丽发现她才华非凡。

她甚至说：我们这儿出了个天才。

美国女人不断地鼓励她画画。

她后来买了许多夏洛特的画，帮助她靠画画谋生。

还在战火纷飞中帮她弄到画纸。

这女人仿佛永远都是那样慷慨。

在照片里，她总是笑脸盈盈。

表情里带着一丝不经。

在滨海自由城，人们一直记得她。

一九六八年，她那美轮美奂的房子遭到拆除。

这个地方要用来建造一座所谓的豪华住宅。

花园的一部分变成了游泳池。

只有两棵大松树留了下来。

它们中间曾挂着一座秋千。

如今，房子的外面围着一堵高高的围墙。

防止外人擅闯入内。

防止外人，和着迷于夏洛特·萨洛蒙的作家。

如何进去？

完全不可能。

这里曾经那般广迎宾客，如今却大门紧闭。

看到我呆呆地伫立在那里，一个男人主动提出要帮助我。

我们聊了一小会儿，我问他叫什么名字。

他叫米歇尔·维奇亚诺。

当我向他解释来意时，他看起来并不吃惊。

他告诉我，有个欧洲人也做过一样的事情。

是的，他用了这个词：欧洲人。

大约三四年前。

所以我不是唯一一个寻找夏洛特的人。

我们组成了一个散落四方的小小教派。

筋疲力尽的信徒们接连被米歇尔拯救。

我不知道该为此欣慰还是难受。

我的这位同道叫什么？

米歇尔记不得了。

这人真的存在过吗?

我想要认识所有热爱夏洛特的人。

在我沉思的时候,栅门徐徐拉开。

一位女士从房子里开车出来。

我马上离开米歇尔去见她。

您好,我是一个作家……

她知道奥蒂丽·摩尔是谁,因为从一九六八年起她就住在这里。

我正要问她几个问题,她却发起火来。

不行,不许待在这里!

门卫不会让你进去的!

走吧! 您在这里什么也干不了!

这是个尖酸、愚蠢、神经质的老太太。

我和和气气地和她说话。

我只是想在花园里逛五分钟。

我翻给她看一本书里当年的照片。

她连看都不愿看一眼。

走吧,走吧,不然我叫门卫了!

我无法理解。

她是那样充满敌意。

我决定放弃。

这也不是什么至关重要的大事。

毕竟,这里过去的一切都不复存在了。

但拜这个女人所赐,我感受到了些许一九四三年的气氛。

说来也真是古怪。

因为的确是在这里,夏洛特很快就将面对仇恨。

4

夏洛特久久地期盼着阿尔弗雷德的出现。

她不断想象爱人的到来。

就像神祇般凭空出现。

但他并没有来。

为了感受他的存在,她在脑海中重新拼凑起他们的对话。

每字每句她都记得清清楚楚。

保存在她心里的记忆一个字都不会差。

谁能读懂夏洛特的绝望?

她是个年轻女人,孤单一人,心结难解。

她有时也会微笑,但只是为了让大家别去打扰她。

奥蒂丽·摩尔尤其担心外祖母。

她从前要快乐得多。

以前,她的脸上总是带着笑,对什么都饶有兴致。

奥蒂丽请夏洛特多逗她开心。

这就像请乌云赶走黑夜。

外祖母和外孙女懂得彼此。

她们的心跳如出一辙。

她们的心就像被一块布包裹了起来。

静悄悄地搏动着,不发出一点声响。

正如幸存者的呼吸,每一下都充满内疚。

她们沿着海边散步。

耳边充斥着阵阵涛声,她们不必再开口说话。

毕竟,此刻最好还是保持沉默。

传来的消息越来越悲惨。

波兰刚刚遭到袭击。

法国和英国对德国宣战。

外祖母坐在一条长椅上。

她感到自己呼吸困难。

这么多年来,她都在挣扎求生。

两个女儿死后,每一天都是一场战斗。

但如今,这些都失去了意义。

战争将把一切摧毁。

大家叫来莫里蒂医生。

这是当地一位杰出人物。

他的魅力和仁心为人称道。

他的收费依病人的收入而定。

有人说,他治疗过一些路过此地的名流。

埃罗尔·弗林①,玛蒂妮·卡洛②,

----

① Errol Flynn(1909—1959),美国男演员。
② Martine Carol(1920—1967),法国女演员。

甚至还有艾迪特·皮雅芙①。

在奥蒂丽发生车祸之后,他治好了她的伤病。

那是发生在三十年代初的事情。

从此,他们成为了挚友。

于是,美国女人寻求他的帮助,

来挽救夏洛特外祖母的生命。

现在,医生来到了桃源别墅。

夏洛特迎他进屋,带他到病人床前。

他对她的第一印象是什么?

我们怎么可能知道?

但我还是努力用心去感受这一刻。

在我眼中,这一刻是如此的关键。

莫里蒂医生进入故事的这一刻。

这个男人将会对夏洛特至关重要。

我尝试在脑海中勾勒他出现在花园里的样子。

---

① Edith Piaf(1915—1963),法国女歌手。

在他女儿向我展示的照片里,他看起来十分高大。

我想象着孩子们要仰起头才能看到他。

5

当他走出房间,他提到了抑郁症。

外祖母不停地说,世界将会化为灰烬。

她再也无法忍受,她再也不想活下去。

是时候去找她的两个女儿了。

她的两个女儿,她的两个女儿,她不断重复。

然后又说:一切都是我的错。

莫里蒂给她开了些镇静药。

然后,他强调:要不间断地守着她。

永远不能留她一个人。

夏洛特明白,这是她的任务。

还能交给谁呢?

外祖父也已经被击垮。

他远远地看着妻子的痛苦。

毕竟,夏洛特的到来就是为了这个。

她来是为了照顾他们。

避难总也要付出代价。

他捋着长长的白胡须,这样想道。

莫里蒂祝夏洛特好运。

就在离开前,他提到了她的画。

小姐,听说您是个天才。

在我们这儿,消息传得很快。

不过是些草稿,她结结巴巴地说。

只是给孩子们画的素描。

那又怎样?

我很有兴趣看看你的作品。

夏洛特被他的善意打动。

她目送他远去,去向别的病人,走进别的故事。

夏洛特意识到问题的严重性。

她觉得应该用某种方式刺激一下外祖母的神经。

她认为,他们应该离开桃源别墅。

她的外祖父母依靠奥蒂丽生活了太久。

他们渐渐地丧失了自主性。

与女恩人的关系也变得越来越糟。

情况变得无法忍受。

事情不总是这样吗?

给你一切的人,你最后恨得最深。

他们的经济状况容许他们这么做。

他们手上还有些钱。

一九三三年离开德国时,他们变卖了财产。

夏洛特出发去尼斯寻找住所。

她在诺伊舍勒路二号找到了一处。

这栋房子叫作欧仁妮别墅。

奥蒂丽也觉得这样对他们来说更好。

她承认,这几个月来他们的关系不再那样融洽。

她要夏洛特尽可能地多来看她。

来告诉她他们的消息,也来花园里画画。

永远都别忘记,你要为自己而活,奥蒂丽又说。

为自己而活,夏洛特在心中默默重复。

搬家的那一天,他们遇到了一队士兵。

他们是最后一批派往东边的士兵。

这个地区的男人都已离开家乡。

战士们等待着不会到来的战斗。

这是否就是传说中的世界末日?

下雪了,一切都那样宁静。

几乎让人忘记,战争已然开始。

在新的住所里,风暴来得更快。

搬家没有改变任何事情。

外祖母长久地处于崩溃边缘。

几乎没有片刻的安宁。

向死之心将她牢牢占据。

在这个时期里,夏洛特为她画了很多画。

在草稿上可以看到，她瘦得可怕。

她蜷缩成一团，好像要把自己的身体掩藏起来。

相反，没有一张画是画外祖父的。

他失魂落魄，态度疏离，变得完全无法相处。

他回想起刚到尼斯的那些年。

那时的一切都妙不可言。

他还在当地大学注册，认识了许多好友。

如今他还剩下什么？

什么都没有。

他的妻子疯了，这个国家处于战争之中。

他又那样地思念德国。

这一切让他变得暴躁而独断。

他不停地给夏洛特下命令。

却又不知道为什么这样做。

他就像个将军，调遣着一支幻影之军。

6

夏洛特没有一点儿父母的音讯。

几个月来,这样的无声无息让她再也无法承受。

终于,她收到了一封来自父亲和葆拉的信。

这封信由奥蒂丽带到尼斯。

她迅速扫了一遍,只为寻找一个名字:阿尔弗雷德。

或许他们会提到他?

或许她能得到他的消息?

这比一切都重要。

但没有。

什么都没有。

没有提到阿尔弗雷德。

她重新看了一遍。

或许标点之间藏着他的蛛丝马迹。

没有。

没有,他没有被提到。

完全没有写到他。

她不知道他在哪里。

他还活着吗？

她又好好地读了一遍信。

写信的是葆拉。

她讲述了这几个月发生的事。

他们想来法国找她，但这已经变得不可能。

一个有地位的朋友帮他们弄到了假证件。

他们和他一道坐飞机去了阿姆斯特丹。

他们离开了一切，抛下了一切。

一无所有地来到荷兰。

幸好，有些朋友比他们早到。

那里建立起了一个小小的柏林之家。

葆拉努力不透露出恐慌的情绪。

但夏洛特能读到文字背后的东西。

她可以看到她那变得麻木迟钝的父亲。

下定决心，像罪犯一样流亡。

每一秒都惶惶不安，担惊受怕。

害怕拘捕,害怕监狱,害怕死亡。

在集中营里,他已见识过他们是如何滥杀无辜。

在夏洛特心中,父亲一直是那么强大。

而继母则一直被光环围绕。

如今,他们至少能松一口气吧?

但又能持续多久?

至少,他们在一起,夏洛特想。

她多么想和他们相聚。

自由如今在她眼里已一文不值。

活下去也不再有什么意义。

这封信开始让她感到痛苦。

字字句句都标识着她的缺席。

她的确已被驱逐,这封信就是证据。

外祖母对这封信不感兴趣。

她只理解了零星片段。

注意力全集中在逃跑和假证件上。

他们马上就要死了！她突然大喊。

你这个疯子！丈夫大怒。

夏洛特站在他们中间。

她请外祖父出去一会儿。

夏洛特试着让老太太镇定下来。

她沉浸在死神的脚步声中不能自拔。

他们要死了！

我们都会死！

夏洛特柔声细语地讲话。

就像安抚一个从噩梦中惊醒的孩子。

一切都会好的……他们现在已经没事了。

可她什么也听不进去。

都会死的！

都会！

要死在死神找上门来之前！

她不断说着一些莫名其妙的话。

然后渐渐平静下来。

疯魔一阵阵袭上心头。

反反复复，混乱无序。

在大起大落之后，她筋疲力尽，终于睡着。

只有在梦乡里，她才能逃过她自己。

7

接下来的几个星期，夏洛特又收到了几封信。

这些信是她与家人之间最后的联系。

如今是一九四〇年。

开战已经快有六个月。

她和外祖母还是那样静静相守。

突然间，她听到浴室里重物跌落的声音。

夏洛特飞奔过去，察看发生了什么事情。

外祖母把自己锁在房间里。

她不断敲门，哀求外祖母开门。

但里面没有任何反应。

她听到一阵嘶哑的喘息声。

声音变得越来越虚弱。

夏洛特不禁失声哭喊。

终于,她强行撞开了门。

只见外祖母悬在一根绳子上。

夏洛特来得正是时候,刚好来得及将她救下。

她拽住外祖母的身体,两个人一起跌在地上。

这时外祖父来了。

他习惯性地吼叫。

你都干了些什么?

你没有权利这样做!

你没有权利这样把我们丢下!

还有你呢,夏洛特?!

你都在干什么?!

你有病吗,这样留她一个人!

要是她死了,全是你的错!

早就知道不能相信你,白痴!

夏洛特选择忽略耳边的斥骂。

要把外祖母安置在床上,这是眼前的头等大事。

尽管看起来已失去意识,但她突然起身。

她抚摸自己的脖颈。

绳子勒过的痕迹触目惊心。

一圈鲜红的印记。

渐渐开始发紫。

她走向自己的房间。

推开想要扶她的夏洛特。

你应该由我去死,她说。

夏洛特哭着回答：我只剩下你了。

8

许多天里,她都守着外祖母。

从不留她一个人。

夏洛特大敞着百页窗。

跟她讲天空有多美。

看呐,看那蔚蓝的天。

好,外祖母说。

欣赏起繁花盛开的树木。

缤纷的花色渲染着美好的愿景。

很快,我们就能去海边散步。

答应我,我们要一起去,夏洛特恳求外祖母。

她温柔的话语安抚着受伤的心灵。

她们紧紧握住了彼此的手。

这样相互慰藉的时刻却让外祖父格外恼火。

他再也受不了了,但受不了什么?

夏洛特不能理解。

他烦躁地在屋里来回踱步。

他看起来再也无法抑制自己的怒火。

事实也的确如此。

他开始滔滔不绝,向夏洛特倾倒疯狂的独白。

我再也受不了这些自杀!

我再也受不了了,你听到了没有!

先是你外祖母的母亲。

她每天都想自杀。

八年里的每一天都是这样！

然后是她的哥哥。

有人说他只是失败婚姻的受害者。

但我眼睁睁地看到了他是怎么发疯的。

他无缘无故地傻笑。

你的外祖母那么难过。

我要去看看家里那个可怜的疯子，她总那么说。

直到有一天，他投进水里。

他唯一的女儿也在维罗纳自杀！

在维罗纳！

没有一点点原因。

然后，不要忘了，还有她的叔叔！

是的，你外祖母的叔叔。

他从窗户跳下了楼！

还有她的妹妹……妹夫！

其他我不知道了。

但到处，每个人，都这样。

我再也受不了了！

你懂吗?!

最近死的还有她的侄子。

她家族里唯一的幸存者,你没有见过他。

和所有犹太人一样,他丢了实验室里的工作。

然后他就自杀了……

自杀,不能杀掉敌人,只能要自己的命!

可怜的孩子,我还记得他。

他人那么好。

从来不高声说话。

如今只能在墓地里腐烂。

只剩一堆骸骨!

……

还有我们的女儿!

我们的女儿!

……

你听到了吗?!

我们的女儿!

……

你的姨母夏洛特。

我的宝贝女儿。

我那么爱她。

她总是跟在我后面。

简直是我的小尾巴。

她爱听我讲话。

为了逗我开心,她会假装自己是座希腊雕像。

然后。

什么都没了。

然后什么都没了。

她跳进水里,在十八岁的时候。

她就那样死去。

我受不了。

我们没法参加葬礼。

要不然我们也得跟她一起下葬。

从那时起,你的外祖母和我就已经死了。

还有你的妈妈。

她那么痛苦。

你能明白吗?

那是她亲爱的妹妹。

她们彼此片刻不离。

大家总是把她们俩拿来比较。

她们几乎就是同一个人。

她整个人都垮了。

但表面上看不出来。

她努力表现得坚强。

她强撑起精神。

为了我们,她要同时扮演两个女儿的角色。

你母亲那么心善。

她会在晚上唱歌。

歌声低沉优美。

然后,她和你父亲结婚。

那个工作狂医生。

还好，你出生了。

孩子，代表着生命。

我的外孙女。

你。

夏洛特。

外祖父此刻停了下来。

说最后几句话时，他的声音轻柔了一些。

不是所有的悲剧都能在大喊大叫中讲述。

他直视着夏洛特的眼睛。

但又一次，他开始大声说话。

声音越来越大。

你……

你……夏洛特！

夏，洛，特！

那时的你是个多么美丽的婴儿。

那么,为什么?

为什么?

我们只剩下你母亲。

你母亲,和你。

怎么可能那么做。

所有人都自杀了,但你母亲不行。

她不能那么做。

这不可能。

但她跳出了窗户。

从我们家跳了出去!

你听到了吗?!

然后,你还在我们身旁。

你让我感到痛苦。

我故意不去看你。

我还记得你那时的样子。

你总是在等她回来。

你在天空里找她。

她告诉过你她会变成天使。

但事实不是这样！

她是被恶魔附了身。

她自杀了。

是的，你妈妈也自杀了。

还有你的外祖母……为什么？

她不想活了。

那我呢？

她有想过我吗？

我会变成什么样？

你听到了吗?!

我再也受不了了。

我受不了。

再也受不了。

……

9

夏洛特夺门而去。

她没有听到外祖父的最后几句话。

他还在喊叫，求她留下。

她沿着诺伊舍勒路一路跑下去。

一直跑到盛开着郁金香的路口。

去哪里？

她不知道。

她一直跑，跑到精疲力尽。

跑向大海。

只能去那里。

只有在那里，她才可以只见海水，不见世界。

她奔跑着穿过沙滩。

她没脱衣服，径直冲进了二月冰冷的海水中。

她飞快地向前冲。

膝盖,腰,肩膀,都没入水中。

她不会游泳。

还有几米,她就能随波而去。

她浸湿的衣服变得沉甸甸的。

带她沉向大海深处。

波浪在她身上涌动。

她咽下咸咸的海水。

她的双眼望向天空,看到了一张脸孔。

母亲的脸孔。

她终于等到了她的天使吗?

来得正是时候。

她会死吗?

她漂流在水上,回忆涌上心头。

她看到当年小小的自己,正在等待着天使。

这个天使的故事是多么荒唐。

夏洛特突然感到一阵愤怒。

这愤怒将她推回海岸。

不,她不能就这样淹死。

她气喘吁吁地躺在卵石海滩上,筋疲力尽。

她的一生都建立在一个谎言上。

我恨他们,他们全部人都背叛了我。

全部人。

一直以来。

所有人都知道真相。

所有人,除了我一个!夏洛特大喊。

她的脑海中回荡着散乱的字词。

她无法组织出连贯的句子。

她无法言语。

无法道出她所经受的创伤。

道出她刚刚得知的一切给予她的创伤。

她从来没有想到。

从来没有,从来都没有。

她无法言语。

有言语能够道出这样的天旋地转吗？

她终于明白了长久以来纠缠着她的古怪念头。

她一直都无比害怕被抛弃。

她确信自己会被所有人抛弃。

她应该怎么做？

哭泣，还是死去，还是什么都不做？

她站起来，然后重新倒下去。

像个脱了节的木偶，倒在空无一人的沙滩上。

黑夜降临了，但这一次不一样。

黑夜只降临在她的身上。

她冷得发抖。

连滚带爬地回英人漫步大道。

简直像从海里一路游了上来。

然后她快速地行走。

在夜里前行，无声无息。

一道行走着的潮湿黑影。

她以为外祖父母还在等她。

但没有,他们睡着了,眼前是一幅奇特的景象。

房间的窗户敞开着。

月光照到床榻。

月光是那么温柔,甚至有几分可亲。

这一刻与最近的几天形成了鲜明的对比。

他们看起来就像是温顺的孩子。

夏洛特坐到一张椅子上,注视着他们。

然后,在他们身边安然入睡。

10

他们在久违的宁静中度过了几天。

有时候,他们的世界仿佛一片空白。

连每个动作都悄无声息。

外祖母为夏洛特梳头发。

她好多年都没有这样做过了。

她们重新找回了快乐的时光。

夏洛特完全问不出任何问题。

为什么从来没有人跟她说过任何事？

为什么？

不，她保持了沉默。

她不想听到任何解释。

毕竟，那又有什么用呢？

她只想好好享受安宁。

外祖母看起来似乎终于平静下来。

或者，这只是一种策略？

为了让她的看守放下戒心。

外祖母想起了自己的母亲。

她总是无休无止地发作，因此大家从来不留她一人在家。

大家一刻不停地守着她，生怕她伤害自己的性命。

如今，夏洛特希望一切都好起来。

她成了外祖母的母亲。

几个星期来，她保护着她，让她安心，给她温暖。

某种强大的力量将她们联结在一起。

于是,她用美好的幻想麻痹了自己。

然后入睡。

当她睁开眼时,旁边空无一人。

外祖母是怎么做到起床时不把她吵醒的?

往常,夏洛特的睡眠那么浅。

外祖母没有发出一点声音就下了床。

就像蒸发了一样。

这时,耳边响起可怕的声音。

那是撞击后发出的沉闷声响。

夏洛特立即明白了,冲向窗户。

外祖父也醒来了。

或者说,他边跑边从梦中醒来。

怎么了?

发生什么了? 他喊道。

很少能在他的声音里听到这样的恐慌。

正如夏洛特,他清楚地知道发生了什么。

从屋里什么也看不到。

院子黑漆漆一片。

前几天的月光都消失了。

两人喊着外祖母的名字。

喊了好多次,他们不忍相信。

快,快去拿根蜡烛来!外祖父命令。

夏洛特颤抖着照做了。

两人慢慢地走下楼。

在院子里,迎面而来的是一阵凉风。

要护好随风摇摆的火焰。

他们一毫米一毫米地往前走。

夏洛特赤着脚,感觉踩到了某种液体。

她举着蜡烛蹲下去。

看到了一摊蔓延开来的血迹。

她尖声大喊,用手捂住了嘴。

外祖父也弯下腰来。

这一次,他什么话也没有说。

11

外祖母的遗体在床上摆了三天。

奇怪的是,死亡几乎什么也没有改变。

她好久以来都是这个样子。

外祖父不愿流泪。

而夏洛特则不住地哭泣。

在莫里蒂医生的帮助下,他们举办了葬礼。

奥蒂丽负责所有的开销。

仪式在一九四〇年三月八日早上举行。

桃源别墅里的孩子全来了。

他们的到来稍稍缓解了悲惨的气氛。

他们很高兴能再见到夏洛特。

热情地将她团团围绕。

棺材埋入了土中。

一切都那样宁静。

只有外祖父有些恍惚。

仿佛忘记了埋葬的是谁。

接着，他又恢复了神志。

在他的记忆里，没有一天没有妻子的陪伴。

他到底有没有一个人生活过？

仪式之后，奥蒂丽邀请他们去她家。

但夏洛特和外祖父还是希望回去。

他们感觉需要独处。

他们慢慢走在墓地的小路上。

夏洛特辨认着墓碑上的名字，那些曾经活着的人。

许多画面在她脑海浮现，但她无法将它们准确捕捉。

外祖父看起来已被击垮，可此时，他突然开始埋怨。

痛苦在他心中苏醒，然后演变成愤怒。

同样的愤怒曾经驱使他将一切都告诉夏洛特。

充满仇恨的话语从他口中不断冒出。

他不停地说话，越来越狂躁。

他将身边的年轻女人一把拽住。

怎么了？她已厌倦了这场闹剧,低着头问道。

为什么要这样拽住她?

他还想干什么?

他紧紧地抓住她。

她想要挣脱,想要把他推开,但她没有力气。

你问我怎么了?! 他大吼。

你问我怎么了?!

看看吧。

看看你的四周。

说真的。

你怎么还不去自杀?

夏洛特似乎和草木融为一体。

醉心于天空的颜色。

在如此恣意迸发的华彩面前，我们不禁想到歌德的遗言。

在垂死之际，他叫喊道：多一些光吧！

因为死亡需要最绚丽的光芒。

第七部分

1

夏洛特通知了家里外祖母的死讯。

葆拉十分担心继女的精神状况。

她信里的每个字都散发着悲伤。

每个逗号都心不在焉。

葆拉想要找到适当的语言来回复她。

但现在，说什么都没有用了。

她需要的只是在他们身边，被他们拥抱。

他们的缺席让夏洛特那样痛苦。

她曾以为，分离只是暂时的。

但如今，已经过了一年多。

还看不到一丝重逢的希望。

这是夏洛特收到的来自他们的最后一封回信。

从此,她失去了父亲和葆拉的消息。

局势十分紧张,边界已被完全封锁。

住在法国的德国居民被要求申报身份。

尽管他们显然是来这里避难的。

但这已无关紧要,对于法国人来说,他们代表的是敌国。

法兰西决定将他们监禁。

在一九四〇年六月,夏洛特和外祖父登上一列火车。

他们被运往比利牛斯山区的居尔集中营。

那地方最初是一座西班牙难民营。

法国人要拿他们怎么样?

夏洛特记起父亲从萨克豪森集中营回来时的模样。

她观察着周围的德国人,他们个个神色惶恐。

这是一段漫长的旅途。

惶惶然的心情让路途更加难熬。

她会死吗?

在她的家族里,还没有一个女人逃脱过死神的魔咒。

姨母死后的十三年,母亲自杀了。

又过了十三年,外祖母自杀了。

是的,完全一模一样的时间间隔。

三个人几乎选择了同样的方式。

一跃而下,跳入虚空。

三场发生在不同年纪的死亡。

少女,母亲,外祖母。

所以,不管在哪个年龄,生命都没有什么可留恋的。

在开向集中营的火车上,夏洛特心中默默计算。

1940+13=1953。

所以,自己会在一九五三年自杀。

如果她没有在这之前死去的话。

2

到居尔集中营后,所有家庭都被拆开。

外祖父与其他男人归到了一队。

他似乎是里面年纪最大的。

在一片死气沉沉之中,他是最年长的那具黑影。

夏洛特拜托一位宪兵让自己待在外祖父身边。

他年纪太大了，身体又不好，不能没人照顾。

不行，你要到女人住的木棚去。

这是命令，她不再坚持。

眼前的年轻男人拿着一根警棍，身边还跟着一条警犬。

她明白，在这个地方不可能讲道理。

她离开外祖父，排到了女人的队伍里。

汉娜·阿伦特也在这条队伍之中。

在居尔，夏洛特震惊于这个地方植被的匮乏。

和犹太人一样，绿色也被斩草除根。

从一片茂盛的自然，她来到了凄惨的荒野。

她观察着四周，只想找到一丝色彩。

她感到自己仿佛被撕裂开来。

她不再看眼前的景象，只品味心中的世界。

她不停地在脑中作画。

未来的作品已在她的心头自顾自地孕育。

这里的每一个细节都无一例外地丑陋。

棚屋里没有床,只有堆在地上的床垫。

卫生状况可怕至极。

每个晚上都能听到老鼠吱吱的叫声。

它们蹭过女人们消瘦的脸颊。

但这还不算最糟的。

最糟的是在外头走动的那个男人。

他拿着手电筒,来来回回地在棚屋前踱步。

棚里的女人们可以看到那一点微弱的灯光。

触目惊心地提醒着他的存在。

这样的场景要持续一个小时以上。

每个人都知道,他最后会走进来。

是的,就在此刻,他走了进来。

他打开门,光线照得躺着的女人们目眩眼花。

他在一张张床垫之间穿行,仿佛在丛林中探险狩猎。

他的狗也跟在身后,嗅嗅这个,舔舔那个。

它摆动着尾巴,耀武扬威。

感到自己此时的的确确是人类最好的朋友。

每个晚上,守卫都这样进来。

这是他的专属仪式。

他要来给自己物色一个猎物。

要是有人反抗,他就会直接开枪。

女人们吓得瑟瑟发抖,蜷缩成一团。

他的目光停在其中一个身上。

他借着灯光检视着她的身体和脸庞。

接着又看向另外一个。

她们的恐惧让他更加兴奋。

他终于选中了一个红发女孩。

起来,跟我走。

她照做了。

然后被带到另一间棚屋里。

3

几个星期就这样过去。

在麻木和恐惧中度过。

大家成天只谈论德国的袭击。

谈论法国军队的迅速溃败。

怎么会这样?

夏洛特被这个消息吓呆了。

纳粹会控制她所藏身的国家。

这个庇护了她又关押了她的国家。

她的流浪再也不会有尽头。

幸好,德国占据的领土还不包括法国南部。

这里是一块自由区。

但是谁在这里享受自由?

显然不是她。

她终于可以去探望外祖父。

大部分的时间里,他都躺在一张简陋的床铺上。

他瘦得可怕,精力衰竭。

咳嗽的时候会咳出血来。

甚至时常认不出夏洛特。

她彻底乱了方寸。

哀求守卫的帮助。

慌乱不安的年轻女孩终于打动了一位护士。

她说,她会去看看能帮上什么忙。

这不是句空话。

他们终于得到了释放令。

夏洛特的希望是否能重新点燃?

她告诉外祖父,恐怖的日子结束了。

他们会回到桃源别墅,他可以好好休养。

她牵起他的手,他很喜欢这样的亲密。

明天,他们就会离开集中营。

但公共交通已经停止运行。

她必须挣脱重重困境。

带着年老暴躁的病人穿越几百公里的路程。

他们步行走过了比利牛斯山区。

七月的烈日当头,他们几近倒下。

两个月后,瓦尔特·本雅明自杀了。

在这条山脉的另外一边。

有传言说，无国籍者不再被允许出境。

本雅明相信自己很快会被逮捕。

他厌倦了这么多年的追捕和逃亡，终于身心崩溃。

服下吗啡，告别人世。

他的文字中回响着离别的笙箫。

幸福只存在于，

曾与我们一同生活过的人们

呼吸的空气之中。

就这样，德国的天才们散落在山脉的两端。

汉娜·阿伦特最后离开了欧洲。

夏洛特钟爱瓦尔特·本雅明。

她读过他全部的书，喜欢听他的电台专栏。

他的一句话可以成为夏洛特作品的引言：

记忆是衡量生活的真正尺度。

4

他们想在路上找到歇脚处。

却连连吃了闭门羹。

没有人想要留宿两个德国人。

终于，一个年轻的难民向他们伸出援手。

和他们一样，他也来自柏林。

他知道一个可以过夜的地方。

在昏暗的天色里，他将夏洛特推倒在路边的沟渠中。

外祖父正在长椅上歇息，什么也没看到。

他的外孙女用尽全力抵抗。

用指甲抓破侵犯者的脸。

他一边逃走一边破口大骂。

不知好歹的蠢货！

夏洛特整理好身上的衣服。

回到外祖父身边，什么也没有告诉他。

她习惯了把伤疤隐藏起来。

无论是刚受的，还是最血淋淋的。

她比谁都知道如何掩盖痛苦。

因为她已经习惯了在苦难中生活。

他们终于找到了一家愿意接受他们的旅馆。

但房间里只有一张床。

夏洛特说她可以躺在地上。

外祖父坚持要一起睡在床上。

外孙女和外祖父，他说，这很正常。

她听清楚了吗？

是的，他的话明明白白。

他催促她把衣服脱掉，挨着他睡。

整个世界都摇摇欲坠。

整个世界都失去了根基。

她走出门去透气。

等他睡了才回到房间。

她坐在一个角落，把头埋在膝盖里。

为了让自己入睡，她开始回忆过去。

只有回忆才是她的温柔乡。

她聆听葆拉的声音，感受阿尔弗雷德的亲吻。

紧闭着双眼，穿行在美好的世界里。

她的脑海中浮现出一幅夏加尔的画。

她一点点地用记忆将它拼凑完整,仿佛看到了每一个细节。

夏洛特久久地游荡在鲜艳的色彩里。

终于入眠。

夏洛特知道,旅途不能再这样继续。

外祖父整天盯着她的一举一动,盯着她的身体。

她无法再忍受下去。

幸好,在路人的指引下,

他们登上了沿着海岸线行驶的公共汽车。

两天之后,他们到达尼斯。

回到桃源别墅,两人受到了盛情款待。

大家终于松了一口气。

这么久都没有他们的消息。

夏洛特精疲力尽,直接去房间睡觉。

稍后,奥蒂丽过来看她。

伸手抚摸她的额头。

夏洛特睁开了眼睛。

一滴泪滑下脸庞。

即使只是一丝温情，对她来说也是那样可贵。

奥蒂丽明白，年轻的女孩需要帮助。

她知道她家族的故事。

夏洛特的眼泪仿佛停不下来。

积累了好几个月的眼泪终于得到释放。

幸好，她终于重新睡去。

但她的呼吸并不规律。

美国女人看着年轻女孩脸上的阴影。

阴影在她的全身蔓延。

她知道在这几个星期里，夏洛特是多么的手足无措。

得知母亲死亡的真相，又眼见外祖母的自杀。

接着是拘禁和流亡。

看到年轻的生命横遭摧残，奥蒂丽痛心不已。

她想要拯救她。

必须帮助她，治愈她，她心想。

在为时太晚之前。

5

在奥蒂丽的建议下,夏洛特去见莫里蒂医生。

他的诊所位于滨海自由城的中心。

由他自己公寓的一个房间改造。

他的女儿基卡出生于一九四一年,如今还在这个地方生活。

在父母去世后,她又回到这里生活。

试图联系她的时候,我没有料到。

没有想到她完好无损地保留了诊所的布置。

多亏她,我可以走进一九四〇年的房间。

走进我的小说。

门口还镶着一块铜牌。

G. 莫里蒂医生

一点半到四点营业

我花了好一会儿,仔细观察着每个细节。

基卡和她的丈夫态度十分和善。

医生的女儿记不得夏洛特。

但她父亲时常提到她。

他都说了些什么?

她马上回答:我父亲说她疯了。

我大为惊讶。

不是因为他说过这句话,而是因为第一句话就说这个。

基卡又赶快补充:就像所有的天才一样。

是的,她的父亲坚定地认为夏洛特是个天才。

和奥蒂丽一样,医生对夏洛特十分上心。

他在夏洛特的生活里扮演了重要的角色。

他赞赏她,同情她,更担心她。

每次去桃源别墅时,他都会和她说话。

他的拜访十分频繁。

因为那里的孤儿众多,时常有人生病。

夏洛特激发了他的好奇心,她的敏感拨动着他的心弦。

圣诞节时,她画了许多祝福卡片。

画中的孩子们或从天空中降临，

或正飞向月亮。

她画中的某种东西深深打动了莫里蒂。

那是一种力量与天真的碰撞。

一种有如天赐的魅力，他心想。

医生摸着夏洛特的脉搏，检查她的身体。

他问到居尔集中营的情况。

夏洛特蹦出几个含糊不清的单词。

他惊讶于她的状态，但并没有表现出来。

你需要吃维他命，他只是这样说。

她垂着头，一声不响。

莫里蒂似乎犹豫着想说些什么。

夏洛特，你应该画画，他说。

她又抬起了头。

他重复说：夏洛特，你应该画画。

他说他对她有信心，对她的才华有信心。

这些话不仅是安慰，也是期待。

不能再由着她消沉下去。

如果痛苦，就应该将这痛苦表达出来。

他的话深深地触动了夏洛特。

莫里蒂继续说了下去。

他找到了准确的语言来表达自己的意思。

他列举了所有他喜欢的她的画。

她的心中有太多美好，必须要拿出来分享。

夏洛特一直在听。

耳边的话在她的心里找到回响。

阿尔弗雷德的面容在此时出现。

比以往任何时候都更加鲜活。

她想到了他在站台上对她说的最后的话。

她如何能够忘掉？

她应该为了创作而活下去。

用绘画抵挡疯狂。

6

在回程路上，她深深地呼吸。

就在这一天，她的作品《人生？如戏？》诞生了。

她一边走，一边回想着过往的画面。

为了活下去，她应该将她的故事画出来。

这是唯一的出路。

她不断地向自己重复。

她要让死者在她的画中复活。

想到这里，她停了下来。

要让死者复活。

那么我应该在孤独中陷得更深。

是否只有走到绝境，

才能将艺术视作生命的唯一可能？

莫里蒂说的话，她自己早有感受。

但这感受只存在于肉体，还没有抵达心中。

仿佛身体总是比心灵先行一步。

所谓的领悟,不过是弄懂我们早已知道的事情。

每个艺术家都要走过这条路。

这条悠长的隧道会穿越几个小时,又或是几个年头。

它通往某个时刻。

在那个时刻,我们终于可以说:就是现在。

她曾想要一死了之,如今终于开始微笑。

什么都不再重要。

全都不再重要。

很少有作品是这样诞生的。

在这样的决绝中诞生。

一切都变得无比清晰。

她清清楚楚地知道她要做什么。

握着画笔的手再无一丝犹豫。

她要将回忆画成一部小说。

她的画会配上长长的文字。

这个故事将同小说一般被阅读。

又将同画作一般被观赏。

且画且写。

如此,她可以将自己表达得完完整整。

表达得淋漓尽致。

她的作品将是一个世界。

她的想法与康定斯基的定义契合。

创造一部作品,就如同创造一个世界。

后者也同样追随着这种联觉。

凭着直觉将感官打通。

音乐指引了他对色彩的选择。

而《人生? 如戏?》是种种感觉间的一场对话。

绘画,文字,还有音乐。

遍体鳞伤之时,她需要这场艺术的交响来治愈自己。

想要重新拼凑过去,她只能如此,别无选择。

这是力量和创意不断交织的旋涡。

当我们打开她的作品时,会有怎样的体验?

一种震撼的对美的感受。

从此，她的作品一直驻扎在我的脑海。

她的生活不断萦绕在我的心头。

在梦里，也在现实生活中。

我踏遍了那些地方，看遍了那些色彩。

我开始爱关于夏洛特的一切。

但在我眼里，她的灵魂寄托在了《人生？如戏？》之中。

过往生活在创作中经过了筛选。

真实世界在艺术里变换了脸孔。

她生活里的主人公们成为了作品里的人物。

他们在开头就悉数亮相，如同在戏剧中一一登场。

阿尔弗雷德·沃尔夫松以阿玛德斯·达贝隆的名字出现。

萨洛蒙一家的姓氏变为了坎恩。

夏洛特以第三人称谈论自己。

这种间离的创作手法尤其显得必要。

因为如此，她可以在叙事中获得真正的自由。

她可以自由自在地异想天开。

作品的形式十分自由。

除了绘画和文字,她还标注了背景音乐。

打造了一张属于她作品的录音带。

我们的阅读伴随着巴赫、马勒、舒伯特的音乐。

又或者是德国的民间歌曲。

她把自己的作品称为歌唱剧。

也就是咏唱的戏剧。

是音乐,是戏剧,也是电影。

她的构图和排版灵感来自茂瑙①和朗②的电影取景。

她在生活里感知过的一切艺术都被汇集到了这里。

但又都在汇聚的那一瞬间消失不见。

迸发出只属于她一个人的艺术。

是时候开始了。

夏洛特给自己的作品写了阅读说明。

为读者呈现了她创作的过程。

---

① Friedrich Wilhelm Murnau(1888—1931),德国导演。
② Fritz Lang(1890—1976),德国导演。

请您想象一下,您将要看到的画作是这样产生的:

一个人坐在海边。

她正在画画。

突然之间,一首曲子在她心中响起。

当她轻轻哼起旋律……

她意识到,这首曲子……

和她正要画在纸上的内容完全吻合。

一连串文字在她的脑海中形成。

她唱着自己创作的歌词,哼起曲子。

一遍又一遍。

声音响亮,直到她完成了手中的画。

最后,她细细描述笔下人物的心境。

她需要脱离人间一些时间。

不惜为此付出一切代价。

只为在她的内心最深处,创造出属于她一个人的宇宙。

脱离人间。

7

开始的几天里,她没有办法集中精力。

在桃源别墅,孩子们四处奔跑,精力无限。

奥蒂丽告诉他们,不能打扰夏洛特。

当时,连食品的供给都变得稀缺。

但她仍竭尽全力帮助夏洛特,给她找来了上佳的画纸。

她和莫里蒂组成了一个保护天才的秘密小组。

这个小组的成员并不包括她的外祖父。

相反,他不断地骚扰她。

他一出现,她就带着画架逃走。

他一边追着她一边大喊:你来这里是为了照顾我!

我让你来,不是来画画的!

他的品行变得越来越恶劣。

偷了水果,还会归咎于其他孩子。

夏洛特别无选择,只有离开。

她要保护好自己,才能继续创作。

不久之前,她结识了玛尔特·贝歇。

她是圣让卡普费拉一家叫作美丽曙光的旅馆老板。

玛尔特决定收留夏洛特,并且不要任何报酬。

她是否也对夏洛特的才华深信不疑?

一定是这样。

她为夏洛特提供了一间房间,随便住多久都行。

一号房。

在近两年的时间里,夏洛特在此处创作。

房间在一楼,但旅馆坐落在山上。

出门就可以看到大海。

我总是把这间房间想象成一处天堂般的庇护之地。

但实际上,它更像是一间单身牢房。

四周的砖墙更加深了这种印象。

老板娘听到她庇护着的女孩一边创作一边低声哼唱。

是的,她用的就是这个词。

夏洛特边画边唱。

唱着她为每幅画标注的配乐。

据玛尔特说，夏洛特几乎从不出门。

一整天一整天地创作。

无疑，她已全身心投入自己的世界。

她回忆着阿尔弗雷德说过的每一个字。

重新拼凑他那些令人晕头转向的大段独白。

分离已有好几年，看不见他一眼。

可她一页接一页，画了几百张他的脸。

夏洛特心醉神迷地沉浸在创作里。

虔诚地笃信着她的过去。

我在一号房里来回踱步，陪着我的是年轻的旅馆招待。

她叫蒂森，她想要帮助我。

但我想，她心里一定觉得我是个怪人。

在一间陈旧的房间里，对着墙面狂喜不已。

我曾打电话来询问旅馆里有没有保留一些档案。

老板没有给我回电。

他的名字叫马林。

是不是名字里一定要带些海风海味①,才能管理这家旅馆?

我尤其想知道:他会在房间门口镶块铭牌吗?

我不知道为什么自己这么执着于铭牌。

现在,这个地方要进行重修。

我可以负责在此地照看工程。

我可以付出一切努力,只为让这几堵墙得到尊重。

因为它们代表着回忆。

不只是回忆,更是一位天才的无言见证。

8

虽然百般不情愿,夏洛特必须时时回到尼斯。

外祖父一人在那里生活。

她看到他坐在一把椅子上,絮絮叨叨地念着他的回忆。

一九四二年的盛夏,在一次探访中,她注意到一张布告。

一条新颁布的法令要求犹太人到政府部门登记。

---

① 此处为作者的一个文字游戏。前文提到的旅馆女老板玛尔特(Marthes)与此处提到的旅馆老板马林(Marin)名字的法语原文皆同法语中 maritime 一词接近,maritime 意为沿海的、海岸的、海的。

回到美丽曙光后,夏洛特询问玛尔特的意见。

她应该怎么办?

但实际上,她已经下定决心。

她要去申报身份。

玛尔特问她为什么,这太荒谬了。

夏洛特回答说:因为这是法律。

到了规定的日期,她出发去尼斯。

省政府门口排着长长的队伍。

同她一样顺从的人群让她安下心来。

每个人都穿戴整洁,情侣们手牵着手。

天气炎热,等待漫长。

过了一会儿,几辆大巴停在旁边。

大家面面相觑。

尽力彼此宽慰。

放心吧,没什么可担心的。

夏洛特回想起了居尔集中营。

所谓的人口清点背后是否隐藏着另一次逮捕?

没有什么比回到那里更可怕了。

听说在巴黎发生了一次犹太人大逮捕。

但在这里,有谁知道确切的真相呢?

有谁知道在德国,或是在波兰,正发生着什么呢?

没有人。

夏洛特再也没有父亲和葆拉的消息。

已经好久。

她什么也不知道。

他们至少还活着吧?

她每天都思念着他们。

还有阿尔弗雷德,她的阿玛德斯。

他是那样笨拙地生活,怎能逃脱出这场噩梦。

不。

她不愿相信他已经死去。

这不可能。

一群宪兵不知从何处拥来。

他们静悄悄地包围了这里。

再也没有人能逃脱。

这是一个圈套,此刻一切都已明了。

她怎么可以这么笨?

她,还有其他的所有人。

整个世界都在追捕他们。

今天怎么可能例外?

他们被要求登上大巴。

每个人都围着警察发问。

这是要去哪里?

我们做了什么?

原本的冷静很快演化为慌乱。

警察变得更加坚定。

同时尽力避免引起恐慌。

只是一次例行检查。

没什么好担心的。

来吧……上车吧。

等大家一坐好,我们就会发放饮料。

夏洛特和大家一起坐了上去。

在这一刻,她想到了自己的那些画。

要是她回不来了呢?

她的画会怎么样?

她相信玛尔特。

她知道她会妥善保管它们。

但无论如何。

她的作品还没有完成。

远没有完成。

她怎么可以相信自己有的是时间?

她可是在逃亡。

带着她的坏血统流亡。

要是能逃出去,她一定会把作品完成。

尽快完成。

她无法想象自己的作品就这样半途而废。

一位警察在座位间巡视。

他的目光停在了夏洛特身上。

他定定地看着她。

为什么?

她做了什么特别的事吗?

没有。

没有,她告诉自己,她什么也没做。

那么是为什么?

他为什么要这样看着她?

为什么?

她的心跳飞快。

她快要晕厥。

没事吧,小姐?

她开不了口回答。

他伸出一只手,放在她的肩膀上。

会没事的。

他想要安慰她。

这个警察停在夏洛特面前,因为他觉得她很漂亮。

请站起来,跟我走。

她胆战心惊。

她不想起身。

他或许是个色鬼。

就像在居尔的那个警卫。

只能是这样。

要不然，为什么是她呢？

她是车上唯一一个年轻女人。

他要强暴她。

是的，就是这样，

只能是这样。

然而，他的面孔看起来那样温和。

并且显得不怎么自信。

他的太阳穴上沁出细小的汗珠。

他又说：跟我走，小姐。

又加了一句：请您跟我走。

夏洛特不知道该怎么想了。

他的年轻和礼貌让她稍稍放了心。

但是，她不能再相信任何人。

她决定起身跟他走。

一下车,他就命令她往前走。

走了几米后,他们已隔开一段距离。

走吧,他说。

赶快走,不要回头。

看到夏洛特没有动,他又说:快点走!

她明白了状况。

他只是在救她。

她不知道说什么来感谢他。

无论如何,她也没时间想该说些什么了。

她必须要赶快走。

她开始走。

一开始慢慢地走,后来越来越快。

在尼斯的一条小巷里,她终于回过了头。

背后已经空无一人。

9

回到美丽曙光后,一切都改变了。

夏洛特从未感到如此紧迫。

必须要马上行动,不能浪费一点时间。

她笔下的线条变得更加激烈。

许多页纸里只有文字。

必须要将她的家族故事讲述出来。

不然就再也来不及。

有些画更像是草图。

与其说在绘画,不如说在疾奔。

充斥于作品第二部分的这种狂热令人震撼。

这是一场悬崖边上的创作。

闭门不出,面黄肌瘦,又惶惶终日。

夏洛特陷入了忘我之境。

就这样,一直到最后。

在一封信里,她这样总结自己的作品:

书里所有的人物都是我。

里面所有的道路我都学会去走。

如此这般,我终于成为了我自己。

最后一幅画的力量震人心魄。

夏洛特面朝大海,描画着自己。

画中可以看到她的后背。

在她的身体上,她写下题目: *Leben? oder Theater?* ①

这部小说写她自己,又恰恰是在她自己的身上画上句点。

这个画面与夏洛特的一张照片奇异地相像。

在底片上,可以看出她坐在山上。

正俯瞰着地中海作画。

她目光涣散地看着镜头。

就好像摄影师在她的凝神沉思中生生夺取了一秒钟。

在她与大自然水乳交融的生活中夺取了一秒钟。

夏洛特似乎和草木融为一体。

醉心于天空的颜色。

在如此恣意迸发的华彩面前,我们不禁想到歌德的遗言。

在垂死之际,他叫喊道:多一些光吧!

———————

①德语,意为《人生? 如戏?》。

因为死亡需要最绚烂的光芒。

10

在几个小时里,她把自己所有的画整理好。

她按故事顺序排列画作。

为最后的几幅画编上号码。

她标注了最后几曲配乐。

她把全部手稿捆成了三个包裹。

在包裹外写上:"归摩尔太太所有"。

她会把作品托付给奥蒂丽。

万一她将逃走,万一她将死去。

此刻,要不惜一切代价保护她的成果。

把它放在安全的地方。

夏洛特把三捆包裹放进一个大行李箱。

她最后看了房间一眼。

心头涌上一种特别的感觉。

又欢喜,又忧伤。

完成了这部作品，就暂时结束了那些执念缠身的日日夜夜。

但走出这部作品，就再一次回到了真实的世界。

几个月里，她都只在自己心中徜徉。

此刻，外面的世界令她目眩眼花。

她已经习惯了成日只盯着自己的内心。

现在却要突然将视线抽离。

她与玛尔特久久拥抱。

夏洛特发自内心地感谢她的帮助。

是时候出发了。

她踏上了通往滨海自由城的路途。

她拎着行李箱，一步步走向目的地。

谁曾在这一天碰上夏洛特？

带着她的一生之作，行走在路上。

离上一次看病大约两年以后，她又去看了莫里蒂医生。

他是她在这里唯一可以信任的人。

奥蒂丽已经回到美国去了。

危险迫在眉睫,她离开了法国。

她和九个孩子一起登上了火车。

车厢里还有两只山羊和一头猪。

目的地是里斯本,他们要从那里乘船横渡大西洋。

夏洛特也想加入这场征程。

请您不要抛下我,她恳求道。

但这不可能。

和孩子们不同,她需要一本护照才能出境。

她顺从了安排,将过去的一些画作送给奥蒂丽。

作为告别的礼物。

美国女人热情洋溢地感谢她。

她说,这些画是无价之宝。

这个女人对夏洛特来说是那么重要。

她同时扮演着母亲和赞助人的角色。

因此,通过莫里蒂,夏洛特将自己的作品托付给她。

也将作品题献给她。

夏洛特此刻站在莫里蒂的诊所门前。

她按响门铃。

开门的是医生本人。

啊……夏洛特,他说。

她没有回答。

她注视着他。

把行李箱交给他。

口中说,这是我的全部生命。

多亏了莫里蒂的转述,我们得以听到这句话。

这是我的全部生命。

她想说的到底是什么?

我交给您的作品讲述了我的一生。

还是: 我交给您的作品和我的生命一样重要。

或者是: 这是我的全部生命,因为我的生命已经到此结束。

这句话是否表明,她就要死去?

这是我的全部生命。

这句话久久萦绕。

一切可能性都似乎能够成立。

莫里蒂没有打开行李箱。

他细心地将它收好。

甚至可以说：他将它藏了起来。

他的女儿指给我看他藏作品的地方。

过去在这里是那样真切，我不由伫立在前，一动不动。

罕有的强烈感情涌上心头。

这是我的全部生命。

第八部分

1

夏洛特回到了桃源别墅生活。

她不断回想起在花园里休憩的外祖母。

那场景已不复存在。

她的眼前浮现所有奔跑着的孩子。

但那画面同样也不复存在。

他们全都离开了。

这座房子本身也成了个孤儿。

这里的美也染上了忧伤。

如今，一个男人在这里生活。

亚历山大·纳格勒。

这是一位来自奥地利的逃难者，他曾经是奥蒂丽的情人。

但似乎没有人知道这一点。

这个男人高大笨拙,很少说话。

两个沉默寡言的人相遇后,会发生什么?

夏洛特不太清楚自己该怎么办。

奥蒂丽给她留下了一个朋友。

她说得很明白:一个我不知道该拿他如何是好的朋友。

这是夏洛特的原话。

两人的相处渐渐融洽。

纳格勒差不多四十岁。

一九三九年,为了逃脱纳粹的追捕,他穿越了阿尔卑斯山脉。

这场漫长而痛苦的旅行在他身上留下了后遗症。

尽管看上去强壮,亚历山大实际上十分羸弱。

由于年轻时的一场意外,他无法正常行走。

他的额头上有一道长长的伤疤。

他的身上有种奇怪的矛盾。

他看起来仿佛可以保护别人。

可实际上却需要别人的保护。

夏洛特觉得他太高了。

她不喜欢抬头和他说话。

不过,她也很少和他说话。

他们会在花园里遇到。

会对彼此微笑,或者干脆视而不见。

但十一月时,一切都改变了。

德国侵入了法国未被占领的部分。

出于共同的恐惧,

两个避难者相互靠近,甚至开始紧紧相依。

2

夏洛特还是继续去看望外祖父。

他们的见面总是同样的场景。

他一看到她,就会发出恐怖的吼叫。

她最后只能作罢,灰心地离开。

无论怎样,他如今是她唯一的家人。

亚历山大这样安慰她。

有时候,他会陪她去。

显然,外祖父受不了有陌生人闯入他的生活。

和夏洛特独处时,他开始盘问她。

不要告诉我你喜欢这个奥地利人!

你给我听好!

这是个流浪汉!

不要忘了我们是格朗沃德家的人!

你应该嫁一个门当户对的人!

夏洛特觉得他过于荒谬。

他活在幻觉里,幻想着那个早已不复存在的世界。

但她不想惹他生气。

她听他讲,由他讲。

她就是这么长大的,总是顺从长辈们的话。

这种布尔乔亚的教育方式如今已成了陈年黄历。

可她要珍视所有的陈年黄历。

要千方百计地抓住哪怕一星半点过去的痕迹。

夏洛特荒谬地顺从着外祖父,恍惚间与童年打了个照面。

她在外祖父面前连声诺诺。

况且,她并不爱亚历山大。

她是很喜欢他。

她十分需要他,需要他的温暖。

但这不是爱。

她只爱一个人。

永远只爱那一个人。

那个人,还活着吗?

几天之后,外祖父感到疼痛难忍。

他出门去药店。

他撑到了那里,在药店门口倒下。

他就这样在大街上死去。

得知这个消息的时候,夏洛特松了一口气。

终于卸下了心头的重担。

她多少次在心中期盼他能消失。

她是否曾暗自使劲,加速这个日子的到来?

很久之后,在一封信中,她承认自己曾给他下毒。

这是真的吗？

还是只是在夸大其词？

不大可能，又不无可能。

想一想他对她所做的一切吧。

他对她的创作总是无休止地攻击和蔑视。

又总如同饿狼在旁，让她担惊受怕。

我和我的同好们时常相互交流。

与奥蒂丽的侄孙女丹娜·普莱斯的联系尤其频繁。

我们讨论过这个想法。

我们沉浸在对这种极端的可能性的幻想之中。

这是一部书中书，戏中戏。

夏洛特注视着外祖父的坟墓。

那里还埋葬着她的外祖母。

如今两人终于可以永远在一起了。

两位古玩的狂热爱好者终于团聚。

她待了好几个小时，墓地一直都空荡荡的。

是否在战争年代里,人们减少了拜祭死者的次数?

夏洛特终于离开,在离去的路上回了一次头。

正如告别生者时的回头顾盼。

3

一九四二年十一月十一日起,法国的领土被全面占领。

过去的自由区被德国和意大利瓜分。

滨海阿尔卑斯省落到了意大利人的手上。

这位占领者并不像他的盟友一般实行种族歧视政策。

无数犹太人拥向尼斯一带。

这里几乎成了他们在欧洲最后的避难地。

夏洛特和亚历山大安居于此,似乎远离危险。

但这样的日子又能持续多久?

他们不断地谈论战争的进程。

美国军队会登陆欧洲吗?

夏洛特再也受不了那些空话。

一九三三年起,人们就在期盼明天会更好。

但总是一天比一天更坏。

她也想相信解放运动描述的愿景。

但她知道，

只有美国国旗出现，解放运动才能真正将他们解放。

他们的对话总有冷场。

他们只是蹦出一些毫不连贯的字词。

是因为这样人们才需要亲吻吗？

因为要填补空白？

两个人都没有勇气迈出第一步。

那么，一切又是怎么发生的呢？

一切都渐渐地发生。

不是一时冲动。

而是循序渐进。

他们讲着话，身子越靠越近。

越来越近。

直到一个晚上，两片嘴唇碰在了一起。

夏洛特如今是个二十六岁的年轻女人。

四月时,她和亚历山大一起庆祝了自己的生日。

他在一家旧货店找了个小画框。

将夏洛特的一幅画装裱起来。

她很感动,这个举动是那么简单,又那么美好。

已经好几年没有人碰过她了。

她已经记不得那些身为女人的时刻。

记不得阿尔弗雷德曾那样跪在她面前,亲吻着她。

记不得曾有一个男人,

那样疯狂地渴望她、占有她、弄疼她。

那些时光都去哪儿了?

不知道为什么,她的欲望让她莫名感到恶心。

她不想放纵自己柔情的冲动。

亚历山大的爱抚甚至让她感到被冒犯。

她将他一把推开。

怎么了?

她无法回答。

他想,一定是自己的问题,恨不得能够消失在空气里。

他怎么能怀疑她的心里不是一样燃烧着欲火呢?

她只是不自觉地将自己的欲望尽数掐灭。

但这没有持续太久,她终于放任了自己。

眼前的一刻实在太过醉人。

夏洛特牵起亚历山大的手,

引导它在自己身上游走。

他的手是那么宽大,那么迟疑,又那么有力。

她不禁声声低喃。

4

从此,他们每天沉浸在鱼水之欢中。

花园里散落着他们云雨的足迹。

这里郁郁葱葱,炎热的空气里四溢着芬芳。

宛若一个失落的乐园。

一切俨然一场创世记。

这样的日子开始让夏洛特感觉头晕目眩。

她时常感到眩晕。

不同寻常的眩晕。

那是什么?

她将手放在肚子上。

一动不动,惊诧万分。

她完全没有想到。

她常常将自己的身体比作围墙。

这是她保护自己的唯一武器。

然而,一个生命渗入了她的身体。

是的,她怀孕了。

怀孕,这个词本身似乎就意味着某种保护。

亚历山大欣喜若狂。

他兴奋得在花园里倒立行走。

要是这个世界也像他一样简单该多好。

他不能理解夏洛特的反应。

她想告诉他,高兴和迷茫这两种情绪是可以并存的。

幸福不一定意味着没有惶恐。

她不停地回想着她的母亲。

那些她本以为已经忘却的感情又涌上心头。

一切不是太好了吗？亚历山大问。

……

她只是需要一点时间。

需要一点时间来迎接幸福。

需要一点时间来接受这样的事实：

原来她也可以过上快乐的日子。

拥有一个丈夫和自己的孩子。

一切不是太好了吗？亚历山大又问。

是的，太好了。

他们花了好几个小时讨论名字。

夏洛特确信她肚子里会是个女孩。

尼娜，安娜依斯，艾丽卡。

他们设想着即将到来的生命。

未来仿佛变得清晰而确凿。

但对亚历山大来说，有件事情必须先办。

他想要结婚。

我有我的原则，他骄傲地说。

他要娶这个怀着他的孩子的女人。

5

莫里蒂和他的妻子担任了婚礼的见证人。

见证人，这个词在这里多么重要。

需要见证人来证明一切都是真的。

需要见证人来让一段爱情步入正式的婚姻。

即使在这个世界上，人人都要东躲西藏。

见证人仍要在昭昭白日之下宣布他们结为夫妻。

他们在市政府登记了身份和地址。

为了娶夏洛特，亚历山大上报了自己的犹太身份。

尽管一直以来他都持有假证件。

他们为什么要这样做？

他只是再也忍受不了自己不清不楚的存在。

我一直都以为,是这场婚姻导致了他们的死亡。

在搜集种种资料的过程中,一切都与我的想法吻合。

但我将发现故事的另一种版本。

这场婚姻丝毫没有改变他们的命运。

不能将其视作一场对社会的抗争。

证据就是,夏洛特和亚历山大继续待在了桃源别墅。

任何人都可以在那里找到他们。

在意大利人的统治下,他们充满了安全感。

一定是这样。

登记结婚、填报地址时,他们充满了安全感。

然而,这种形势不过是暂时的。

有些人试图帮助犹太人逃跑。

最大胆的举措来自安杰洛·多纳蒂。

这位来自意大利的政治家起草了救援方案。

他发起了数次会议,与教皇和其他外交官商讨相关事宜。

他租用了许多开往巴勒斯坦的船只。

意大利总领事支持多纳蒂。

反犹政策被尽数取消。

意大利的士兵们守卫着犹太教堂。

提前通知他们法国部队的突击搜查。

在尼斯,多纳蒂得到了马利-伯努瓦神父的帮助。

他们撑起了一把坚实的保护伞。

在这把伞下,年轻的夫妻越发过得无忧无虑。

然而,意大利在一九四三年九月八日投降。

这个地区的控制权又落回德国人的手中。

6

犹太人需要付出代价,他们定会付出代价。

为了确保这一点,

最卑劣、也是最凶残的纳粹军官被派遣到这里。

阿罗伊斯·布鲁纳尔。

他的传记读来令人作呕。

这个男人有着褐色的皮肤,一头卷曲的短发。

他无比瘦小孱弱,身体仿佛总是佝偻着。

肩膀一高一低。

他长得不像个雅利安人。

外貌的缺憾全都转化成了内心的仇恨。

他要用行动加倍证明自己的纯正血统。

但他无计可施,他是个乏味的男人。

他毫无魅力,讲话沉闷。

然而,只要见过他,人们就不会忘记他。

他的残暴和邪恶触目惊心。

这个粗俗的暴徒永远戴着手套。

生怕自己和犹太人有一丁点儿的接触。

　*

战后,他成功逃脱了追捕。

他使用化名逃到叙利亚,得到了阿萨德家族的保护。

在那里,他使用酷刑的本领派上了用场。

然而,他的身份最终被戳穿。

国际法庭向他发出传票。

但叙利亚政府拒绝引渡他。

摩萨德①的情报人员希望如法炮制抓捕艾希曼②的行动。

将布鲁纳尔抓到以色列受审。

但进入大马士革难于登天。

他们能做到的只是给他寄邮包炸弹。

布鲁纳尔失去了一只眼睛和几根手指。

但仍安安稳稳地活了下去。

在一九八七年,《芝加哥太阳报》的一位记者采访了他。

谈到那些遭到屠杀的犹太人时,他宣称:

"那些人本就该死。

因为他们是撒旦派来的人类渣滓。"

他又加了一句:"如果一切重来,我还是会这么做。"

布鲁纳尔死于二十世纪九十年代中期。

在庇护之下,他安然无恙地活到了生命的最后一刻。

　　*

在希腊和德朗西大获全胜后,布鲁纳尔乘势来到尼斯。

---

① Mossad,全称为以色列情报和特殊使命局(The Institute for Intelligence and Special Operations),是以色列军方建立的情报组织。
② Adolf Eichmann(1906—1962),纳粹德国高官,于 1962 年被摩萨德从阿根廷抓回以色列受审。

他把司令部设立在尼斯的怡东酒店。

酒店就在火车站旁边,

在把犹太人送去集中营前,他可以将他们关押在这里。

如今,在这座建筑的前面可以看到一块纪念铭牌。

酒店内的封闭天井成了一处临时监狱。

四周的高楼将这里牢牢包围。

一些尼斯人坐在自己家中,就像坐在剧院的包厢里。

观看着一场场行刑大戏。

布鲁纳尔一定感到十分兴奋。

他的野蛮暴行能有这么多观众来欣赏。

他创建了一支十四个人的队伍。

那是一支犹太人追捕突击队。

去省政府的时候,他以为事情会很简单。

但省长沙伊诺销毁了犹太人的名册。

他告诉布鲁纳尔,意大利人走的时候把东西全都带走了。

这是个完美的谎言,完全没有办法查实。

沙伊诺就这样拯救了成千上万的生命。

狂怒之下,布鲁纳尔下令开始追捕犹太人。

许多犹太人穿过山区,往意大利方向逃跑。

要不是亚历山大身有残疾,他们或许也能离开。

但他不能走那么久的路。

并且,夏洛特已有四个月的身孕。

他们决定继续躲在桃源别墅。

这所房子那么大,没有人会注意到他们还在。

布鲁纳尔许诺重奖所有提供情报的人。

从下达命令的第二天起,信件如雪花一般飞到酒店。

他收到了大叠大叠的举报信。

追捕行动轰轰烈烈地重新开始了。

要趁猎物还没醒来就一举拿下,在他们的床上。

在怡东酒店的天井里,

可以看到老人们身穿睡衣,神色惊恐。

纳粹军官在被逮捕的女人里进行筛选。

长得漂亮的女人会立即惨遭绝育。

然后被当作随军妓女送到东边去。

但这还不够，还不够，还不够。

布鲁纳尔还要折磨他们，变本加厉地折磨他们。

他对犹太人进行惨无人道的严刑拷打。

逼迫他们吐出其他家庭成员。

要斩草除根，赶尽杀绝。

他得知这一带有家旅馆里住着一位著名作家。

那是年近八旬的特里斯坦·贝尔纳。

在旅馆的前台，人们纷纷抗议，为他打抱不平。

然而一切都无济于事，老作家和妻子被一起带走。

他们被带往尼斯，接着被带去德朗西。

在圭特瑞①和阿莱缇②的帮助下，他才得到释放。

7

在希腊，布鲁纳尔将近五万名犹太人送往了集中营。

在这里，尽管使尽了各种手段，他离目标还差得很远。

他才刚刚逮捕了一千余人。

---

① Sacha Guitry(1885—1957)，法国演员、导演、剧作家。
② Arletty(1898—1992)，法国女演员。

幸好,举报信还在不断涌来。

在法国人里,还是有些效忠于他们的"优秀公民"。

一九四三年九月二十一日早上。

来的不是一封信,而是一通电话。

一个年轻女人……

德国犹太人,电话那头说。

在滨海自由城……

……

在一座叫作桃源别墅的房子里。

桃什么?

桃源别墅。

很好,我记下了。

非常好。

祝您今天过得愉快,再次感谢。

客气了,小事一桩。

所以,这是一次普普通通的举报。

一次毫无原因的举报。

或者，也许有原因。

但是什么呢？

夏洛特和亚历山大没有打扰任何人。

他们过着与世隔绝的生活。

难道有人想把他们的房子占为己有？

不可能，完全说不过去。

在这之后，没有人成为桃园别墅的业主。

那是为什么呢？

没有任何原因。

这就是所谓的"无动机行为"。

莫里蒂医生的女儿基卡谈到了那次逮捕。

在事情发生七十年之后。

她把父亲告诉她的事情讲给我听。

她的丈夫突然打断我们的对话。

有人知道是谁举报了夏洛特·萨洛蒙，他说。

我惊得目瞪口呆。

我不断追问，于是他又开口。

事情就是这样传来传去。

在城里，在乡下，都是这样。

就是这样。

我完全没有料到这一出。

我的脑中一片空白。

是一个老太太说的，他又说。

不过，完全不能确定。

她的头脑已经不是很清楚了。

或许只是胡编乱造。

我无法相信他。

谁会编造这样的事情？

在滨海自由城，不少人知道这件事。

尽管已经过去了那么久，还是会有些风言风语。

这么多年来，那些负罪之人在这里居住。

自然,他们也会移居到别处生活。

当年的告密行为不会被一笔勾销,

但却深深地埋葬在了记忆里。

到今天依然如此。

人人皆知,却都缄口不言。

在这之后,我时常想起这件事。

我应该继续调查吗?

应该找到当年举报人的后代吗?

但又为了什么呢?

这真的那么重要吗?

8

黄昏时分,一辆大卡车驶进了滨海自由城。

卡车在市中心的药店门口停下。

两个德国人下车问路。

这里的居民礼貌地为他们指路。

德国人对他们的热情感到十分满意,连声感谢后离去。

指路人是否本可以故意含糊其辞？

是否本可以尽快通知夏洛特逃跑？

他是害怕，还是成心要与德国人合作？

她在这里已经住了好多年。

所有人都认识她。

他到底是怎么想的？

不管怎么说，那个女孩子的确有些怪。

她不大说话。

别人永远都猜不透她在想什么。

真的，永远都猜不透。

一次小小的审问不会把她怎么样的。

最坏的情况，也就是把她带到别的地方去。

大卡车熄火停车，不带一点声响。

两个男人从两头进入花园。

夏洛特正好走出屋子。

她迎面撞上了士兵。

他们扑在她身上，死死抓住她的胳膊。

她用尽全力地大喊。

挣扎着想要逃脱。

一个德国人粗暴地拉扯她的头发。

向她的肚子猛地打了一拳。

她说她怀孕了，哀求他们放过她。

求求你们了，不要把我抓走。

可他们无动于衷，丝毫不理会她的叫嚷。

士兵们全力制服夏洛特时，亚历山大出现了。

他想要冲上去，把夏洛特从敌人手中夺回来。

但他如何拼得过眼前的枪口？

他被逼得步步后退，背靠着墙站立。

他们让夏洛特带上随身用品。

夏洛特低垂着头，没有回答。

一个德国人把她推进房间。

她已无力向前行走，摔倒在草丛中。

身旁的人粗暴地将她一把拽起。

亚历山大想要上前，但另一个德国人的枪始终瞄准着他。

他明白,他们要将她带走。

只带走她一个人。

他们对他不感兴趣。

只有她被举报了。

这不可能。

他不能让她就这样离开,带着他们的孩子离开。

他不能。

他看着一位士兵,大声叫喊。

你们也应该把我抓起来!我是犹太人!

夏洛特和亚历山大上了二楼。

他们要拿上衣服。

她想要带一本书,但被士兵喝止。

只能拿衣服和被子,快点。

几分钟后,他们坐在了卡车的前排。

卡车消失在黑夜中。

这下,布鲁纳尔将会心满意足。

9

他们与其他人一起挤在酒店的天井。

人们之间传播着最耸人听闻的谣言。

他们听到哭喊声，有时听到枪声。

布鲁纳尔把行刑室安在了自己房间的隔壁。

他常常半夜起床，在某个犹太人的身上撒尿。

只需望向窗外，就能看到自己的战利品。

他充满快感地窥探着他们脸上的恐惧和绝望。

但他知道，同时也要千方百计地让他们安心。

只有这样，才能将他们顺利运往集中营。

不能让任何人知道下一步的行动。

不能引起任何的歇斯底里，不能有任何绝望的壮举。

布鲁纳尔亲自去和他们讲话。

他捏出自己最和蔼可亲的声音。

然而，也曾是这个声音在每一次酷刑前大吼大叫。

他承认，自己有时会对那些顽抗的人感到恼火。

但他并没有安坏心。

要是每个人都做出努力，一切都会顺顺利利。

他谈到在波兰刚建立的犹太国家。

我们会把没收财产的收条交给你们。

你们会在现场拿回属于你们的财产。

克拉科夫的犹太人团体会帮助你们在那里安居乐业。

每个人会找到适合自己的工作。

有谁真的相信他的话?

或许，所有人都相信了。

毕竟，夏洛特的父亲从集中营回来了。

她自己也在居尔被释放。

还是要有希望。

第五天的清晨，他们要离开这里了。

他们一直走到车站，一列火车在那里等待着他们。

法国警察为德国人提供后勤供应。

这列车上坐了几百号人。

全部人进入车厢之后，车却没有开动。

要是只为了待在这里,为什么要让他们这样挤成一团?

士兵们等待着布鲁纳尔的命令。

或许,他只是想让快感持续得更久一些。

大家开始感到透不过气来,个个口干舌燥。

亚历山大说,他的妻子怀孕了。

于是,人们尽力给她让出了一个小小的位置。

只为了让她能有个地方坐,

就算她必须蜷着身子才能坐下。

没有人听得到,但她在心里静静唱着歌谣。

一首她童年时听过的德语摇篮曲。

火车终于开动了,只见车头飘出了一缕白烟。

10

一九四三年九月二十七日,他们到达了德朗西。

亚历山大和夏洛特立即被分开。

这只是个中转营。

一间死亡的等待室。

11

十月七日早上四点半,大家已整装待发。

集中营里的每个人都要在行李上标上自己的名字。

似乎他们仍有可能在将来得到安置。

为了不增加恐慌气氛,家庭成员得以团聚。

夏洛特终于和丈夫重聚,她发现他已十分虚弱。

在站台上,她观察着人们的模样。

有些人穿得像要去结婚。

他们举止优雅,站得笔直,手里提着箱子。

他们头戴帽子,看到女人经过的时候还要脱帽致意。

这里没有一丝一毫的歇斯底里。

尽管身在绝境,仍要保持风度。

尤其不能让敌人看到自己内心的痛楚和绝望。

遍体鳞伤都要藏起来,否则他们只会更加快乐。

他们上的是六十号列车。

四十人的车厢里塞进了七十个人。

当然,还塞进了他们所有的行李。

车厢里有疯子,也有从养老院抓来的老人。

谁会相信他们去的是一个劳动营?

为什么要带走这些精神错乱和奄奄一息的人?

这个细节让答案昭然若揭。

一个年轻男人说:他们要把我们全都杀掉,必须离开这里。

于是他开始想办法逃脱,想要把木栅栏砸碎。

马上有几个人扑上来阻止他。

德国人已经说得很明白。

要是一个人不见了,那么整个车厢都会被处决。

时间慢慢地过去。

不,实际上,时间在这里静止了。

他们的心中奇异地燃起星星点点的希望之火。

尽管只是昙花一现。

夏洛特心想,她会和家人团聚。

或许阿尔弗雷德已经在那里了。

要是他发现她已经结婚,还怀着孩子,会如何反应?

她没有想到的是,此刻自己心里最想念的是她的父亲。

这么多年都没有一点音讯。

亚历山大已经不再有精力来劝慰她。

时间一个小时一个小时地过去,他整个人都快垮了。

溃疡灼烧着他的胃。

他肤色苍白,几近透明。

有人在说:大家都要撑住。

下车的时候要挺直腰板。

脸上要有好气色。

只有身体强壮的人才会被挑去劳动营。

但这样煎熬了三天三夜后,如何还能保持强壮?

夏洛特和亚历山大尽力支撑着彼此。

他在每个停靠站都想方设法地为她找水喝。

她太害怕腹中的宝宝会死去。

她有时会感觉不到宝宝的动静。

接着突然之间,宝宝又会踢她一下。

它仿佛也和大人一样,在节省着体力。

仿佛在生命的最初,就已开始奋勇求生。

12

火车终于到达了目的地。

这是个冰冷的黑夜。

车厢门紧紧关闭,与出发时如出一辙。

为什么他们不开门?

为什么不让他们呼吸新鲜空气?

要等到日出。

还要等两个多小时。

终于,囚徒们一个个下了火车。

惶恐不安,精疲力尽。

晨雾遮蔽了视线,看不清眼前的集中营。

甚至连身旁狂吠的烈犬也看不见。

只能勉强分辨出进口的栅门上印着的一行字。

Arbeit Macht Frei.

劳动带来自由。

现在,大家要列队站好。

亚历山大和夏洛特知道他们又会被分开。

他们珍惜着最后几秒在一起的时间。

很快,他们就会被归到不同的队伍中。

有些人不用立即就被处决。

因为这列车在赎罪日的第二天到达。

在前一日,纳粹毒气毒杀了比往常多一些的人。

为了庆祝犹太人的节日。

于是,集中营的木棚里空出了许多床位。

队伍缓慢地前移。

要说些什么?

该回答些什么?

夏洛特想要解释,这一切都是误会。

她不是犹太人。

谁都看得出来,她不是犹太人。

并且，她怀有五个月的身孕。

她需要找间诊所休息。

他们不会不管她的。

现在，轮到了她。

她几乎什么也没说。

一个男人对着她说话，却连看都没看她一眼。

他问她的姓名。

她的出生日期。

接着，他问她的职业。

她回答：绘画者。

他抬起了头，眼神里全是蔑视。

绘画者，那是干什么的？

我是个画家，她说。

他盯着她,终于发现她怀孕了。

他问她是否怀着孩子。

她点点头。

这个男人并不和蔼,但也谈不上讨厌。

他只是机械地记下她的个人信息。

然后重重地给表格盖章。

接着,他指给夏洛特看她要去的队伍。

那条队伍里都是女人。

她带着手提箱,慢慢地向前走。

不时回头看亚历山大一眼。

现在,轮到他了。

没花那么长时间。

他被归到了妻子对面的那条队伍。

他一边走,一边用目光搜寻她的踪影。

看到她时,他稍稍地招手示意。

再走了几米后,他就消失在浓雾之中。

夏洛特再也看不见他。

不到三个月后，他在精疲力竭中死去。

13

楼外的布告上写着，她们要进去洗澡。

进入浴室之前，每个人都脱下了衣服。

都把衣服挂在挂钩上。

一个女守卫声嘶力竭地大喊。

记好你们外套上的号码。

女人们牢牢记住这个最后的数字。

她们走进这间巨大的浴室。

有些人相互牵着手。

门被紧紧锁上，如同在监狱里一样。

一道冷光勾勒出裸露的女人们的身形。

大家注意到了挺着肚子的夏洛特。

她站在人群中，一动不动。

仿佛从这一刻抽离。

只为存在。

后　记

1

一九四三年五月,葆拉和阿尔伯特在荷兰被捕。

在韦斯特博克集中营,由于兼任助理护士,他们逃过一劫。

阿尔伯特被要求给犹太女人做绝育手术。

尤其是那些嫁给雅利安人的犹太女人。

他先是断然拒绝,之后又改变了主意。

他说,他需要和他的助手葆拉回阿姆斯特丹一趟。

去取手术需要的器具。

他们借机逃跑。

一直躲到战争结束。

局势一稳定,他们就想办法打听夏洛特的消息。

几个月之后,他们得知了她的死讯。

葆拉和阿尔伯特万念俱灰,感到极度内疚。

他们从来都不该把她送去法国。

一九四七年,他们决定去追寻她的足迹。

去看看她的最后几年是怎样度过。

他们遇到了刚回到桃源别墅的奥蒂丽·摩尔。

这位美国女人为他们讲述了记忆中的夏洛特。

一件接一件的事情。

外祖母的自杀。

外祖父造成的恐怖阴影。

还有她与亚历山大的婚姻。

女厨师维多利亚也在那里。

婚礼的晚餐是她准备的。

她仔细地描述了菜单。

还有那个晚上的美好气氛。

夏洛特开心吗?她的父亲问道。

是的,我想是的,维多利亚回答。

直到此刻,还没有人敢告诉他们,她当时已经怀孕。

他们在之后才得知这一点。

另一个重要的见证人来了。

莫里蒂医生。

他为这次会面感到十分激动。

他讲到了那些和夏洛特一起度过的美妙时光。

他没有提到她堪忧的精神状态。

避开了夏洛特去看病的事情。

我那么喜爱她,他又说。

声音不禁颤抖。

几个月前,他把夏洛特的手提箱交给了奥蒂丽。

现在,美国女人起身去拿箱子。

莫里蒂重复了夏洛特的话:这是我的全部生命。

蕴含在一部作品中的生命。

阿尔伯特和葆拉看到了《人生? 如戏?》

震撼万分,难以名状。

他们仿佛听到了他们的宝贝女儿的声音。

她在身边,和他们在一起。

他们的"小洛特",他们失去了她那么多年。

如今,记忆重新浮上心头。

这也是他们的全部生命。

几个小时里,他们都在仔细地翻看着她的画。

他们成了她笔下的人物。

这是他们在这世上存在过的证据。

2

葆拉和阿尔伯特回到了阿姆斯特丹,这是他们的新家。

在长久的犹豫以后,奥蒂丽把作品交给了他们。

他们整夜整夜地细读这部作品。

有些地方让他们大笑,有些地方却让他们不快。

这是夏洛特眼中的真实。

属于艺术的真实。

他们无法猜出她所有的想法。

自然也猜不出她对阿尔弗雷德狂热的爱。

之后,葆拉说这不过是幻想。

据她说,夏洛特和阿尔弗雷德只见过三次。

她似乎不能相信他们曾在暗中相会。

这便是夏洛特这场创作的美丽之处。

哪些是人生?

哪些是戏?

谁能知道真相?

许多年就这样过去。

在荷兰,葆拉与文艺圈的朋友们重聚。

她重新开始唱歌,生活重回轨道。

他们时常向宾客们展示夏洛特的画。

每个人都是连声惊叹,感动不已。

一个艺术爱好者说,应该组织一次展览。

为什么他们之前没有想到过这一点?

这将是对夏洛特一次无与伦比的致敬。

准备工作需要一段时间,还要编写一份展览目录。

夏洛特的作品终于在一九六一年展出。

展览获得了巨大的成功。

夏洛特的作品不仅打动人心,还呈现了非凡的独创性。

它的形式独一无二。

鲜艳的色彩牢牢地吸引了观众的目光。

夏洛特很快名扬海外。

在接下来的几年中,在欧洲,甚至在美国,举办了多次展览。

《人生? 如戏?》得到了出版。

这本书被翻译成许多种语言。

葆拉和阿尔伯特接受了电视采访。

在镜头前,他们似乎有些局促,但又是那样动人。

他们讲述夏洛特的故事。

她的生命在他们的叙述中延续。

一群记者来到了法国南部。

见过夏洛特的人们,包括玛尔特·贝歇,接受了采访。

她离开已有二十多年。

但在被问到夏洛特时,没有人显得惊讶。

似乎所有人都知道,有朝一日她会变得如此出名。

然而,作品的盛名并未持续应有的时间。

这场回顾夏洛特的热潮渐渐消散。

越来越少有人提起她,少得可怜,少得不公平。

阿尔伯特和葆拉上了年纪,不再有能力照管她的遗作。

一九七一年,他们把作品捐赠给阿姆斯特丹犹太博物馆。

夏洛特的作品一直在那里保存,但并不是总能展出。

一九七六年,阿尔伯特去世。

许多年后,在二〇〇〇年,葆拉也永别人世。

两人在阿姆斯特丹附近的一块墓地里长眠。

3

那么,阿尔弗雷德呢?

在一位学生的帮助下,他得以出逃。

一九四〇年,他来到伦敦,从此再也没有离开这里。

在战后,他重新开始授课。

很快,他的声乐方法获得了巨大的成功。

人们尊重他的意见,聆听他的教诲,

他终于在这世上有了一席之地。

他也重新开始写作,并且出版了一部小说。

他终于从焦虑中走出,平安地度过了五十年代。

他不再觉得自己如同行尸走肉。

过去变得那样遥远,几乎不曾存在。

他再也不想听到关于德国的任何事情。

通过一些共同朋友,葆拉得知了他的行踪。

她给他写了一封语气友好的长信。

一切已经过去了那么久,他收到信时十分惊讶。

在回信中,他恳求她重新开始唱歌。

并且重复说,她是最伟大的歌唱家。

但他没有提到夏洛特。

因为他已料到了最坏的情况。

几个月后,他又收到一封信。

不,其实不是信。

而是夏洛特的展览目录。

还附上了一本小册子,里面是夏洛特的生平简介。

他无需知道就已明白的事情被证实了。

她在一九四三年去世。

他开始翻阅书页。

很快就明白了书中的自传成分。

他看到了关于她童年的画,画上有她的母亲,还有一群天使。

接着,是葆拉的出现。

还有……

突然之间,阿尔弗雷德看到了自己。

一幅画。

两幅画。

一百幅画。

翻着书,他看到处处都是自己的脸孔。

处处都是他的脸孔,都是他说过的话。

DAVID FOENKINOS
Charlotte

© Éditions Gallimard, 2014
All rights reserved
All adaptations are forbidden.

图字：09 - 2015 - 434 号

图书在版编目(CIP)数据

夏洛特 /（法）大卫·冯金诺斯著；吕如羽译. —
上海：上海译文出版社，2021. 10
（大卫·冯金诺斯作品系列）
书名原文：Charlotte
ISBN 978 - 7 - 5327 - 8809 - 5

Ⅰ.①夏⋯ Ⅱ.①大⋯ ②吕⋯ Ⅲ.①中篇小说一法
国一现代 Ⅳ.①I565.45

中国版本图书馆 CIP 数据核字(2021)第 160876 号

| 夏洛特
CHARLOTTE | David Foenkinos
大卫·冯金诺斯　著
吕如羽　译 | 出版统筹　赵武平
责任编辑　张　鑫
装帧设计　尚燕平 |

上海译文出版社有限公司出版、发行
网址：www. yiwen. com. cn
200001　上海福建中路 193 号
苏州市越洋印刷有限公司印刷

开本 890×1240　1/32　印张 10.75　插页 11　字数 69,000
2021 年 10 月第 1 版　2021 年 10 月第 1 次印刷

ISBN 978 - 7 - 5327 - 8809 - 5/I · 5441
定价：69.00 元

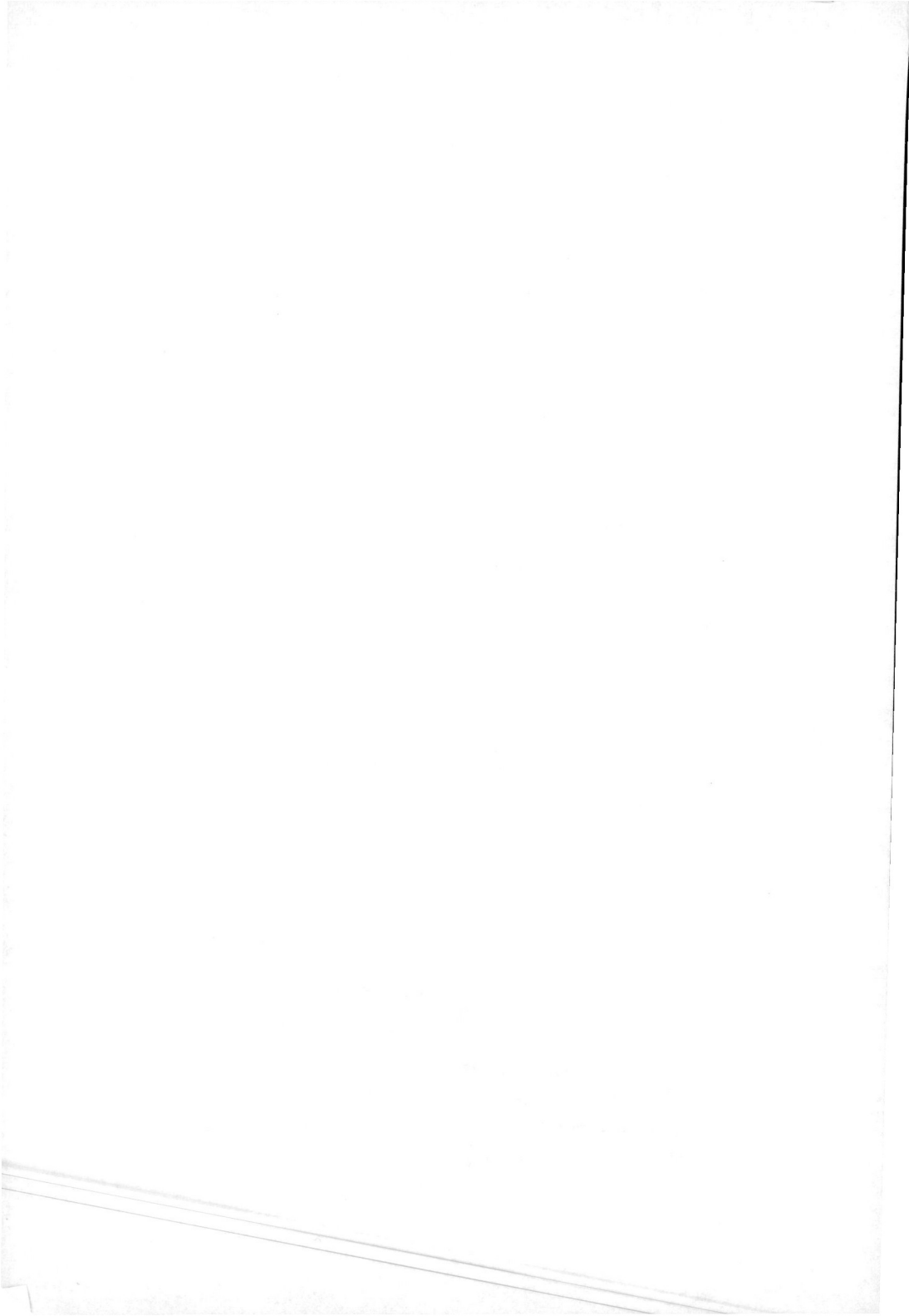